Flerken Chatoyance

Trio Infernale

Flerken Chatoyance

Trio Infernale

Mesozoikum Blues

Roman

Coverdesign: Berno Hellmann (bernoh.de) unter Verwendung eines Pixabay-Motivs von Peter Schmidt (terranaut).
Druck und Distribution im Auftrag der Autorin:
tredition GmbH, An der Strusbek 10, 22926 Ahrensburg, Germany

ISBN: 978-3-347-88863-0

Gewidmet den Unbeugsamen, die ihr Anderssein feiern!

Inhalt

1. Hypsipyle	9
2. I'a-R'et	25
3. Felina Fleabuttocks	37
4. Triell	49
5. Artimpasa	69
6. T'lan-T'is	85
7. Clovis	101
8. Psychotropia fleabuttocksii	123
9. Megatitanos lamberos	139
10. Nur-Shala	155
11. Gulag 2.0	177
12. Eruption	195
13. Cat-Napping	209
14. Omnipotenzia	221
Glossar	247

1. Hypsipyle

Hypsipyle wankte. Blitze zuckten gleich gekreuzten Schwertern vor ihren Augen. Schmerzgekrümmt schleppte sie sich voran. Als wütete ein neunköpfiges Seeungeheuer in ihrem Magen. Sie torkelte einige Schritte, bis sie Halt an einer Säule fand. Ihre blutbefleckte Hand zeichnete dunkle Muster in das Kirschblütenweiß des Marmors. Das Grün der Übelkeit, welches wie eine Schlammlawine ihr Gesicht überschwemmte, wich dem Rot der Scham. Dass ihr das immer wieder passieren musste!

Nur einmal zuckte ihr Körper wie ein an Land gespülter Fisch, bevor sie sich im Schwall gegen die schillernde Marmorsäule erbrach.

Instinktiv zog Hypsipyle die rechte Hand, mit der sie ihre Labrys noch immer fest umklammert hielt, zur Seite. Die eherne Doppelaxt sollte nur vom Blut ihrer Feinde getränkt werden. Nicht von Erbrochenem. Schon gar nicht von ihrem Eigenen.

Sie stieß einen obszönen Fluch aus und stellte sich die truthahnhalsfarbenen Gesichter ihrer Gefährtinnen vor, die ihre Ausdrucksweise sooooo peinlich fanden.

Sie gehörte in die Steppe. Auf den Rücken ihrer Kriegsstute Rhimna. Nicht auf ein Schiff! Die Überfahrt hatte sie mehr gequält als jedes Warten auf die nächste Schlacht.

Aus der Ferne erklang das Siegesgeheul ihrer Kriegsschwestern, die begannen die glänzende Stadt in ein Häufchen Asche zu verwandeln. Behutsam lehnte sie die Axt gegen die Säule und übergab sich erneut.

Wieder bereute Hypsipyle es, ihr Königinnenreich verlassen und sich Myrinas Heer angeschlossen zu haben. Es war so schwer, Myrina zu widersprechen. Besonders für sie. Energisch schüttelte sie den Kopf, als wolle sie die Zweifel wie welkes Eichenlaub abschütteln. Es war die Mutter aller Schlachten. Die bedeutendste der Amazonomachie. Atlantis und sein dämonischer Abschaum würden im Ozean versinken. Der Ruhm der Amazonen die Zeiten überdauern. Und sie war dabei. Kämpfte in der ersten Reihe. Nun ja, gerade eben nicht. Gerade kotzte sie sich ein thrakisches Meermonster aus dem Leib!

Gleich behütenden Müttern umschlossen ihre Hände den gestressten Bauch, als Hypsipyle sich erinnerte, warum sie die Mühen auf sich genommen hatte. Ihr Mut war legendär. Ebenso ihre Wut. Sie sah das Bild deutlich vor sich. Die alles verändernde Schlacht auf ihrer Insel. Männer in togagleichen, von der Sonne gebleichten Gewändern umringten sie. Ihre vom Rudern schwieligen Hände hielten salzverkrustete Schwerter, von denen der Rost abblätterte. Zu zweit oder zu dritt stürmten sie vor. Nie einzeln. Die stumpfen Waffen gegen sie gerichtet. Ein zum Scheitern verurteilter Versuch, ihren Anführer zu retten. In seinen Purpurmantel gehüllt, lag Iason um Gnade winselnd im Dreck. Blut quoll wie die heiße Lava eines ausbrechenden Vulkans über seine zittrigen Hände, die versuchten seinen entblößten Unterkörper zu schützen. Die Argonauten stürzten zu Boden. Einer nach dem anderen. Zu Dutzenden fielen sie. Unter den Hieben ihrer Doppelaxt. Das Splittern der Knochen. Das Plätschern strömenden Blutes. Das dumpfe Geräusch in sich zusammenfallender Leiber. Musik in den Ohren Hypsipyles, die gleich einer Derwischin im Kreis um Iason getanzt war und dabei jeden, der ihr zu nahe kam, niedergemetzelt hatte. Alles nur, weil Iason eine junge Frau bedrängt hatte. Nicht irgendeine Frau. Ihren heimlichen Schwarm. Hypsipyle zitterte vor Wut, als sie sah, wie er die sich verzweifelt Wehrende in einer engen Gasse gegen die Hauswand drückte. Ein unkontrollierbares Zucken erfasste ihren Körper. Sein höhnisches Lachen, als sie die Axt drohend in die Höhe hob, würde auf ewig in ihrem Geist widerhallen. Sie schlug blindlings zu. Immer wieder. Konnte nicht mehr aufhören. Bis jeder einzelne der gefeiertsten griechischen Helden am Boden lag. Sterbend im Staub.

Die Amazonen, allen voran Myrina, erhoben sie zur Heldin. Wegen eines Wutanfalls. Eines einzigen Ausrasters. Ihr Ruf dröhnte über das Land. Die Menschen erschauerten, wenn von der Blutsprossenkönigin gesprochen wurde. Das

Gerücht, sie würde sich nie waschen und ihre Abertausend Sommersprossen seien das geronnene Blut ihrer Opfer, hielt sich hartnäckig. Hypsipyle musste fortan an jeder Schlacht teilnehmen. Die Kampfesmoral der Kriegerinnen steigern. Aber vor allem: die Angst der Feindesmacht wecken.

Die Erinnerung an die Hochachtung, die ihr zuteilgeworden war, belebte ihren Geist gleich einer Schale duftender Ambrosia. Wie hatte sie nur zweifeln können! Von erneuter Kriegsgeilheit gepackt, schulterte Hypsipyle ihre Labrys und wieselte los.

Die prächtige Stadt erstrahlte in unbeflecktem Weiß. Noch, grinste sie. Alles war so sauber hier. Im Angesicht der hohen Gebäude wirkten die Häuser ihrer Insel wie Miniaturen. Dort waren die Straßen aus Dreck. Nicht aus Obsidian. Das dunkelgrün schimmernde Vulkangestein stach durch das blendende Weiß umso mehr hervor. Der unübertreffliche Schliff des Pflasters machte es glatt wie einen zugefrorenen See. Sie musste darauf achten, die Balance zu halten. Hypsipyle fragte sich, wie Ochsenkarren über diese aalglatten Straßen fahren sollten. Da fiel ihr auf, dass sie noch kein einziges Tier in Atlantis gesehen hatte. Nicht einmal eine Ratte.

Nach wenigen Schritten drohte sie zu stürzen. Der Boden unter ihr bebte. Haarfeine Risse zeigten sich im Gestein. Das Siegesgeheul von Myrinas rasender Horde hallte durch die Straßen. Sie hatten die Statue des Poseidon gestürzt.

Hypsipyle grunzte zufrieden. Dieser mutterlose Fischficker hatte ihr Schiff beinahe zum Kentern gebracht. Sollte er untergehen mitsamt dem dämonischen Abschaum, dem er Zuflucht bot.

Als das Beben nachließ, beschleunigte sie. Wollte den Sturm auf den Tempel des Meeresgottes nicht auch noch verpassen. Ihre Bronzerüstung, die an jeder anderen Kriegerin geschmeidig ausgesehen hätte, klapperte, als wäre sie ein aufgeregter Jungstorch. Schwarz aufwallende Rauchschwaden wiesen Hypsipyle den Weg. Mit für ihre kurzen Beine viel zu großen Schritten marschierte sie durch die Gassen Richtung Feuer. Aus einem nahe gelegenen Gebäude hörte sie das schaurige Wehklagen von hundert gevögelten Katzen.

Quälten diese Monster Tiere? Doch nicht Katzen? Nein, das durfte nicht sein. Der Tempel konnte warten. Sie hatte eine neue Mission. Sie musste der Tierquälerei ein Ende setzen.

Das animalische Gejaule drang aus einem sternförmigen Bau. Gleich den gewölbten Blütenblättern eines Lotos bogen sich seine fünf Ecken dem Himmel entgegen. In seiner Mitte thronte eine goldene Kuppel, in der sich die Mittagssonne gleißend spiegelte. Geblendet kniff Hypsipyle die Augen zu. Sie hob ihre Hand schützend zur Stirn und öffnete sie erneut. Zögernd betrachtete sie das Bauwerk. Als würde sie in glühendes Eisen blicken.

Was war das denn für ein Gebäude? Zu viele Ecken! Und derart gebogen. Wie konnte eine nur so bauen? Bei den Dämonischen krachte es heftig im Gebälk! Gut, dass sie dem jetzt ein Ende setzten.

Ein geübtes Auge hätte in dem vieleckigen Bau ein Architekturmeisterwerk erkannt, welches auf dem Planeten seinesgleichen suchte. Doch Hypsipyle fluchte nur, da sie ihn mehrfach umrunden musste, bis sie endlich in einem der zahlreichen Winkel einen Eingang entdeckte.

Der Eintritt war ein verengtes Tor aus silbrig glänzendem Metall, welches sich perfekt in das Weiß der Wände des Sternbaus fügte. Seine Oberflächenstruktur zeigte ein hervortretendes Muster. Einem von einem Sturm verwüsteten Wald ähnelnd. Für einen winzigen Moment flammte Neugier in ihr auf. Etwas Derartiges war ihr noch nie begegnet. Doch die Wut behielt die Oberhand. Katzenquälen! Welch Sakrileg!

»Ha!«, triumphierte sie.

Sie ergriff ihre Labrys mit beiden Händen. Holte Schwung, um die Tür mit einem Hieb zu zerschmettern. Die Axt wurde zurückgeworfen. In letzter Sekunde verhinderte sie, sich selbst zu entbeinen. Nicht ein Kratzer war in dem seltsamen Metall zu sehen. Sie hatte es nicht einmal berührt.

Was war das? Ihre Labrys schlug alles klein. Immer. Wieso nicht jetzt?

Statt sich das magnetisierte Tor genauer anzuschauen, wirbelte Hypsipyle ihre Lieblingswaffe herum. Gleich einer von Fliegenpilzsaft berauschten Berserkerin drosch sie darauf ein. Vergessen war das Monster in ihrem Magen. Der Wille, das widerspenstige Portal zu zerstören, loderte als Höllenfeuer in ihren Augen. Funken sprühten, als es ihr nach mehreren Versuchen gelang, das Tor zu treffen. Das Quietschen der Doppelaxt auf dem mysteriösen Metall gesellte sich zu dem Charivari des Chors fickender Katzen.

Der Eingang hielt ihren Angriffen stand. Sie hatte solche Mühe, ihn zu treffen, obwohl er nur eine Armlänge entfernt war. Ihr Gesicht lief rot an. In ihrem Rausch übersah sie, dass das Tor nicht verschlossen war. Erst als nach Dutzenden Axthieben ein weiterer Treffer das Portal einen Spalt öffnete, bemerkte sie ihren Fehler.

Wehe jenen, die jetzt ihren Weg kreuzten. Die Mischung aus Scham und Wut über ihre eigene Dummheit machte sie gefährlicher als jede Sturmflut.

Ein rüpeliges Niesen entfuhr Hypsipyle, als sie in die Dunkelheit trat. Schwaden von süßlich riechendem Styrax kitzelten ihre empfindliche Nase. Ihre Augen verengten sich. Sie benötigten einige Momente, um sich an die Düsternis zu gewöhnen. Der Raum war in magnolienfarbenes Licht gehüllt. Vorsichtig streckte sie ihre Hand aus. Als wäre sie inmitten eines Traums. Sie blickte sich um. Erkannte ein sternförmiges Gebilde. Altargleich ragte es aus der Mitte des beängstigend verwinkelten Raumes. Geschmiedet aus einem intensiv leuchtenden, laubfroschgrünen Metall. Verziert von einer kreisrunden Vertiefung im Zentrum. Mit geweiteten Augen starrte Hypsipyle auf die makellose Schmiedekunst, die nie zuvor ein Mensch gesehen hatte. Aus einem Guss! Wer war zu solcher Perfektion fähig?

Um das Meisterwerk gruppierte sich ein halbes Dutzend riesenhafter Gestalten. Ihre geöffneten Gewänder fielen in einem Wasserfall aus Saphirfunkeln zu Boden. Das mussten die Dämonischen sein. Hatten sie das betörend schöne Gebilde geschaffen?

Sechsfingrige Schuppenhände ragten aus den Ärmeln der Roben und zeigten in die Höhe. Hypsipyles Blick folgte ihnen zu dem unnatürlichen Magnolienlicht, welches wenige Meter über dem Altarersatz leuchtete. Es verdichtete sich zu einem sonnenartigen Geflecht, in dessen Mitte ein alles Licht verschluckendes Nichts klaffte. Unwillkürlich verzog sie das Gesicht. Ihre Hände schlossen sich fest um den Griff ihrer Doppelaxt. Sie sah das Nichts deutlich. Wie konnte das sein? Wieso war da nichts? Ihr Körper begann zu zittern. Entsetzt wandte sie den Blick ab, hin zu den Teuflischen. Aus ihren Schlangenmündern erklangen monströse Laute. Ein disharmonischer Singsang in einer nie gehörten Sprache. Er schmerzte in ihren Ohren. Es gab keine gefolterten Katzen. Nur diesen atlantischen Abschaum und sein dämonisches Treiben.

Durch Hypsipyles Niesen irritiert, wandte sich eines der geschlechtslosen Ungeheuer um. Eine Stimme, scharf wie die Klinge ihres Ausweidemessers, zischte in Atlantisch: »Aus welchem Grunde wagt die Zwergin es, die Große Faltung zu stören?«

Ihre Atlantischkenntnisse waren mehr als unzulänglich, doch sie verstand das Wort 'Zwergin'. Das genügte. Es gab wenig, was ihre Wut derart entfachte, wie das Vergehen, sie auf ihre Größe zu reduzieren. Besonders von Spindeln wie dieses Dämonischen mit dem androgynen Gesicht, auf dem sie unter anderen Umständen gerne gesessen hätte.

Ohne einen Gedanken zu verschwenden, schwang sie ihre Labrys. Mit einem einzigen Hieb zertrümmerte sie die Kniegelenke der beiden Stummelbeinchen, die aus dem Schlangenkörper ragten. Einen spitzen Schrei ausstoßend stürzte das Wesen zu Boden.

»Eine Blutgericht serviert, verfluchtes Atlantis-Abschaum!«, grollte sie.

Ihr mangelhaftes Griechisch atmete den starken Akzent der Steppenvölker. Sie hasste Fremdsprachen. Insbesondere Griechisch. Die Sprache der Weichlinge. Derer, die Wasser in ihren Wein schütteten. Diese Wichtigtuersprache, die für kreative Beleidigungen kaum Worte kannte. Wieso wurde ausgerechnet diese Wasserweintrinkersprache zur Verkehrssprache der Region? Eine Sprache, in der eine nicht vernünftig fluchen konnte!

Das Dämonische mit dem betörenden Gesicht umklammerte von Schmerzen geplagt seine Knie. Es sang nicht mehr. Stattdessen kauerte es am Boden und schrie wie ein Kind.

›Wie jämmerlich!‹, dachte Hypsipyle, als sie mit einem gut gezielten Hieb das Monster enthauptete.

Von der Kapuze befreit, offenbarte der über das Fliesenmosaik rollende Kopf einen Seidenteppich aus goldglänzendem Metallhaar. Dieses entzückende Bild würde definitiv Teil ihrer nächsten erotischen Fantasie werden.

Ein Bergbach aus blauem Blut sprudelte aus dem schwarzgeschuppten Torso. Sein hinteres Ende zuckte wie der abgetrennte Schwanz einer fliehenden Eidechse. Der säuerliche Geruch dämonischen Blutes drang ihr in die Nase. Sie streckte sich. Schien zu wachsen. Mit Stolz betrachtete Hypsipyle den Halsstumpf, der derart sauber abgetrennt war, als hätte der gepriesenste Scharfrichter der Antike sein Meisterwerk vollbracht.

Einmal geweckt, war das Wutmonster in ihr nicht mehr zu bändigen. Ihre Gesichtszüge verzerrten sich zu einer gespenstischen Fratze. In ihren Augen funkelte Mordlust. Der magnolienfarbene Sonnenkranz, der das schreckenerregende Nichts umgab, zitterte gleich einer Kerzenflamme in einer zugigen Grotte, als Hypsipyle mit einem weiteren Hieb die zweite Teufelsgeburt von hinten niederstreckte. Es war eine Kunst aus dieser Position heraus genau jenen Winkel zu treffen, der den Schädel mittig spaltete. Wie eine Wüstenspringmaus schnellte ihr Körper in die Höhe. Die Ungeheuer überragten sie um ein Vielfaches. Doch Hypsipyle verstand ihr Handwerk wie keine andere. Ein weiterer kläglicher Schrei erfüllte den Raum. Das Zittern verwandelte sich in ein aggressives Flackern, welches in kurzen Abständen den Raum erhellte.

»Nicht! Was stellst du denn da an, du ungebildetes Kind?«, schrie eines der Dämonischen in akzentfreiem Hochgriechisch.

Wie sie es hasste! Kind war noch schlimmer als Zwergin! Sie stemmte ihre kurzen Arme in die Seiten. Reckte den Kopf wie ein Bulle vor dem Angriff nach vorne. Gleich Gewitterwolken einen sonnigen Tag, so verdunkelten die Erinnerungen an das Kindheit genannte Martyrium, ihren Verstand. Ihre Wut wurde zu Raserei. Hypsipyle sprang erneut in die Höhe, wirbelte ihre bluttriefende Doppelaxt gekonnt durch die Luft und köpfte das Schandmaul im Flug. Mit leicht gekrümmten Beinen landete sie standsicher auf dem sternförmigen Schmiedemeisterwerk. Das in weitem Bogen umher spritzende Blut hinterließ keine sichtbaren Flecken auf den saphirblauen Gewändern.

›Die haben mich sicher erwartet!‹, schoss es Hypsipyle durch den Sinn.

In ihrem Antlitz erschien ein finsteres Grinsen. Wenn sie schon nicht geliebt wurde, dann wenigstens gefürchtet. Der purpur pulsierende Strahlenkranz des sie wie eine Fratze anstarrenden Nichts entflammte in der bedrohlichen Intensität eines Waldbrandes. Den Schwung der Landung nutzend, schlug Hypsipyle den verbliebenen drei Dämonischen in einem einzigen Streich die Schlangenköpfe von den Schultern.

›Das sollte ich mir auf den Gürtel sticken lassen‹, war ihr letzter Gedanke.

Das katzengleiche Gejaule verstummte, die schwarze Leere über ihr implodierte, und Hypsipyle spürte einen Sog, der sie wie ein Mahlstrom ins Innere des furchteinflößenden Nichts zog.

Das Erste, was Hypsipyle fühlte, war ihr Magen. Unbewusst bog sie sich vor Schmerzen. Dabei gelang es ihr, jeden Laut zu unterdrücken. Statt Blitzen waberten Magnolienschlieren vor ihren Augen. Eine tropische Hitze schien sie erwürgen zu wollen. Es roch nach Wald. In ihren Ohren rauschte ein Wasserfall. Die von zu vielen Schlachtfeldern abgewetzten Halbstiefel steckten in etwas Weichem. Eine Woge des Schmerzes, schlimmer als jede Geburt, brach über ihren Körper herein. Sie spürte ein Würgen. Versuchte noch, es zurückzuhalten, aber erbrach sich erneut mit erschreckender Inbrunst. Dieses ewige Kotzen! Wie satt sie es hatte!

Die Schlieren lösten sich teilweise auf. Sie gaben den Blick auf einen breiten Fluss frei. Hypsipyle stand am Ufer eines

Stroms. Wenige Meter von ihr entfernt ragten Hunderte Schachtelhalmgewächse aus dem sandigen Boden. Wie eine einzig aus gelbgrünen Türmen bestehende organische Stadt. Die Ausläufer reichten ihr bis zu den Schultern. Kitzelten ihren Hals, als sie sich umblickte. In regelmäßigen Abständen schossen breitblättrige Fächerfarne empor, die die Schachtelhalmstadt wie lebendige Baldachine überschatteten. Je weiter sie blickte, desto höher wuchsen die Schachtelhalme und Fächerfarne bis sie sich in einen bizarren Wald verwandelten. Seine in den Himmel wachsenden Bäume wurden von langfingrigen Farnblättern geschmückt. Gleich farngekrönten Monsterpalmen breiteten sie sich am Horizont aus. So sah doch kein Wald aus! Träumte sie? Ihr Gedankengang wurde vom Erscheinen eines Bootes unterbrochen. Es näherte sich erstaunlich schnell.

Wo war sie? Sollte das verfickte Nichts sie …?

Vielleicht wussten die Insassen des herannahenden Schiffleins Antworten auf diese Fragen.

Der Kahn ging an Land. Kroch über das Ufer. Behäbig wie ein schwerfälliges Tier.

Die Schlieren verschwanden. Sie rieb sich die Augen. Da war kein Boot. Nur ein gigantisches Krokodil. Sie konnte sich nicht erinnern, jemals ein derart monströses Reptil gesehen zu haben. Dreimal größer als die Krokodile Libyas, denen sie bei einem Jahre zurückliegenden Raubzug begegnete, trottete es auf sie zu. Seine handgroßen Schuppen schillerten in den Farben eines unergründlich tiefen Sees.

Die Schnauze des Riesenreptils verengte sich und mündete in eine Blase. Als hätte es eine Warze auf der Nase. Auf jeder Seite seines Mauls ragten Dutzende kegelförmige Zähne hervor, darunter eine Handvoll von der Länge ihres Unterarmes. Drakonisch schwarze Schlitzpupillen, die sich wie gezückte Schwerter vor einer sonnengleichen Iris erhoben, starrten sie an. Vor ihr kroch kein gewöhnliches Krokodil. Eher ein mythisches.

Begrüßte sie der bedrohliche, ägyptische Krokodilgott Sobek? Stand sie in der Unterwelt? Wieso empfing sie dann nicht die Schwester der Großen Mutter?

»Oh Sobek, ich grüße euch und bringe euch Kunde von den Amazonomachie, den ruhmreichen Schlachten der Amazonen!«, begann sie einen lieblichen Singsang von unerreichter Schönheit.

Dabei verdrehte sie die Augen. Ihre Pupillen verschwanden. Nur mehr das Weiße war sichtbar. Sie senkte die Labrys. Ließ sie still zwischen ihren Schenkeln ruhen. Doch Sobek schien von der taktvollen Begrüßung unbeeindruckt. Auf stubbeligen Beinchen mit weit geöffnetem Maul walzte er in ihre Richtung. Sein massiver Reptilienkörper drückte die Schachtelhalme brutal zu Boden.

»Seid meines Wohlwollens gewiss! Kein Unheil droht euch von dieser ehrenhaften Kriegerin!«, zirpte sie genauso gelassen von dem sich rasant nähernden Monsterkrokodil, welches eine breite Schneise in das Schachtelhalmfeld schlug.

Ihre Stimme so sanft, ihr Gesang so verzückend, zeigten die gewünschte Wirkung. Sobek hielt inne. Schloss sein gewaltiges Maul. Er hob den Kopf, als wolle er dem süßen Klang in aller Demut lauschen.

Die erste Strophe handelte von den frühen siegreichen Kriegen in den weiten Steppen des Amazonenreiches. Gleichzeitig davon, wie ihre Kriegsstute Rhimna ihr ans Herz wuchs. Es folgte eine Litanei, die die triumphalen Raubzüge durch die Wüsten Libyas ebenso pries, wie die Pracht der ungewöhnlichen Tierwelt des eroberten Gebietes. In der dritten Strophe besang sie die legendäre, männerauslöschende Schlacht in der Hochebene jener Insel, auf der sie zuletzt herrschte. Eine gerechte Strafe für das Quälen des Viehs auf den Feldern. Kurz hielt sie inne, bevor sie mit einem Lächeln im Gesicht von der ruhmreichen Ermordung der Argonauten in einem tiefen Tal sang, aber den Grund verschwieg. Stattdessen beschrieb die folgende Strophe die endlose Öde des Meeres, das sie mit ihren Waffenschwestern überquerte. Beklagte dabei den Mangel an Schiffen, die geentert werden konnten. Dass selbst der Anblick der emporspringenden Delfine sie nicht zu erheitern vermochte. Nur um in der letzten Strophe mit aller Inbrunst das Geräusch, als die massiven, weißen Festungsmauern von Atlantis in die See stürzten, zu rühmen. Überschwänglich lobpreiste sie die Ankunft auf der Insel des Bösen, die mit den atlantischen Dämonen würdige Gegner bot.

So neugierig wie verzückt kroch das Krokodilmonster näher. Sein Schwanz schwang dabei von einer Seite zur anderen wie der eines freudig erregten Hundebabys.

Doch Sobek schwieg.

Hypsipyle sang unbeirrt weiter. Sie verheimlichte ihre Magenprobleme. Vielmehr pries sie in wohligen Tönen, wie sie die überraschten Wachen am Eingangstor mit ebensolcher Leidenschaft wie Perfektion in Stücke schlug. Beim Loblied auf den Sturz der Statue des Poseidon schien das mythische Krokodil zu grinsen. Es wiegte seinen Kopf im Takt des Rhythmus von Hypsipyles Schlachtenhymne.

Ein Geräusch aus dem Wald erschreckte den in Meditation versunkenen Krokodilgott. Schlagartig wirbelte sein Panzerkörper herum. Der wie eine geschuppte Sense durch die Luft zischende Schwanz säbelte Hypsipyle von den Beinen.

2. I'a-R'et

Anmutig wie eine sich aufbäumende Königskobra wand I'a-R'et sich aus ihrem Versteck hervor. Und ebenso geräuschlos. Ihre bernsteinfarbenen Schlangenaugen fanden zielsicher die Lücke im Blätterwerk der Wipfel. Hatte sie sie abgehängt?

Mit spitzen Fingern versuchte sie ihr einst goldenen Kleid zurechtzuzupfen. Vergebens: Es war an zu vielen Stellen aufgerissen und hatte die Funktion ihren Körper zu verhüllen, eingebüßt. Sie klaubte die schwarzen Dornen einzeln aus dem Stoff. Dutzende Wunden hatten ihn an zahlreichen Stellen violett gefärbt. Bei jedem Pflanzenstachel stöhnte sie gekonnt auf. Jammerte sowohl über den physischen Schmerz, als auch den Verlust der Perfektion ihrer Expedition.

Sie hatte ihre teuerste Robe für dieses Ereignis ausgewählt. Das goldgewebte Seidengewand. Auch die aus Platin gefertigten Ouroboros-Schlangenreifen, die ihre Handgelenke schmückten, sahen mitgenommen aus. Das glänzende Metall war von unansehnlichen Kratzern übersät. Nur der aus blau-grün schimmernder Jade geschliffene Schreckensmasken-Talisman der olmekischen Kultur, hatte seine Schönheit nicht verloren. Das Geschenk ihres Lieblingsgeschwisters O'n-R'et ruhte an einer Kette aus schwarzen Ozeanperlen in ihrem Busen. Ihr wichtigstes Hilfsmittel zum bestmöglichen Expeditionserfolg. O'n-R'et war die einzige

Person, die zu ihr hielt. Die, sie gelegentlich gegen die Hänseleien und Streiche der anderen verteidigte. Wenn O'n-R'et nicht selbst mitmachte. Ihre Schultern sackten zusammen. Ein lauter Seufzer, getrieben von einer aufschäumenden Woge aus Selbstmitleid, drang aus ihrem Schlangenmund. Die Sticheleien ihrer 16 Geschwister, die ihre Jugend wie ein Nageltuch bedeckten. Die vielen Wunden. Die stetigen Versuche zu gefallen. Das ebenso hündische wie erfolglose Betteln um Aufmerksamkeit. Das ewige Versagen …

Mit dieser Forschungsreise hätte alles anders werden sollen. Alles sollte perfekt sein. Sie wollte alle übertrumpfen. Nicht nur mit dem Ergebnis. Auch mit der Präsentation. Und jetzt das!

Falten, tief wie die Marskanäle, bildeten sich auf ihrer hohen Stirn, während ihr Blick zwischen dem zerfetzten Kleidungsstück und dem Himmel hin und her wanderte. Natürlich war es nicht ihr Fehler! Gut, schon seit ihrer Kindheit spielte ihr ihr Gedächtnis Streiche. Ein steter Anlass für den Spott der Gemeinschaft, die sie nie als eine der ihren akzeptierte.

Sie musste sich eine Geschichte ausdenken. Sie konnte ihnen nicht die Wahrheit erzählen. Sie würden sie auslachen. Wie so oft. Sie blickte an sich herab. Vielleicht konnte sie ihren narbenüberwucherten Körper in ihr Lügengestrüpp einbauen. Die Expedition war gescheitert. Keine Frage. Es musste Schuldige geben. Und es musste glaubhaft sein. Geflügelte Monster, groß wie die Drachen, die in den griechischen Mythen die Streitwagen des Himmelsgottes zogen, überzeugten nicht. Das klang erfunden. Nein, es war nötig, eine Sinn ergebende Schilderung zu entwerfen.

Das Ziel nicht erreicht zu haben, war Kränkung genug. Sie brauchte weder die Häme noch den Spott der anderen.

Mit der Eleganz einer mesopotamischen Hohepriesterin wandelte I'a-R'et durch das Dickicht des unheimlichen Waldes. Zwischen den mächtigen Stämmen der Farnbäume wogte ein Meer aus scharfblättrigen Farngewächsen, die ihr bis zur Hüfte reichten. Zu allem Überfluss baumelten dornbewehrte Ranken wie rostige Kerkerketten von den Wipfeln herab. Nur die Schattenkühle des Gehölzes verschaffte ihrem wechselwarmen Körper Entspannung.

Die Monster waren verschwunden. Sie war ihnen entkommen. In letzter Minute. Ihr linker Ärmel hing in Fetzen herunter. Er gab den Blick auf eine klaffende, von gebrochenen, rubinroten Schuppen gesäumte Fleischwunde frei. Der Anblick ließ sie erneut aufstöhnen. Diese Welt bot zu viel Schmerz. Bereits bei ihrer Ankunft war sie von einem adlergroßen Insekt angegriffen worden. Seine Facettenaugen glotzten sie wie metallisch glänzende Äpfel an. Gleich einem Kolibri stand es wenige Zentimeter vor ihrem Gesicht. Sie spürte, wie die schnellen Bewegungen seiner armlangen Flügel die Luft vibrieren ließen. Das daraus resultierende Summen klang wie ein eindringliches Warnsignal. Sie züngelte unbeherrscht. Dann stieß die Bestie vor. Ihre messerscharfen Mandibeln zerfetzten ihr Kleid, durchbrachen ihre

Schuppen und rissen ein Stück Fleisch heraus. Sie schrie vor Schmerz. Unfähig angemessen zu reagieren. Als sie sah, wie ihr Schrei weitere Monsterinsekten anlockte, floh sie von Panik getrieben in Richtung eines Waldes aus pyramidenhohen Farnbäumen. Doch statt Schutz fand sie zwei schaurige Ungeheuer, die im Schatten der Riesenbäume dösten. Von ihrer übereilten Flucht aufgeschreckt, richteten sie sich zur Größe von Giraffen auf. Farbenfrohe, hornähnliche Gebilde krönten ihre Köpfe. Ihre verbogenen Schaufeln ähnelnden Schnäbel waren lang genug, sie in einem Happen zu verschlingen. Doch vor ihr standen keine Vögel. Mit Augen, die ihren Eigenen glichen, hatten sie I'a-R'et fixiert. Der Rumpf der Untiere war von einem dichten violetten Federkleid umhüllt. Gleich gefiederten Drachen. Inmitten ihrer sich wie Stadtmauern ausbreitenden Schwingen aus ledriger Haut ragten Krallen hervor, mit denen sie augenblicklich nach ihr ausholten. Geschickt wich sie aus. Die Klauen schlugen ins Leere. Sie starrte auf bizarre Monster, wie sie nur in Albträumen existierten. Wieder schrie sie. Wieder floh sie.

Seit ihrer Ankunft war sie jede Sekunde auf der Flucht gewesen. Schlimmer noch: Sie hatte keine Menschlinge getroffen wie die anderen, die Schätze und neues Wissen von ihren Expeditionen mitbrachten. Sie würde mit leeren Händen zurückkehren.

Ihr Geist arbeitete fieberhaft daran, eine abenteuerliche Erzählung zu stricken, in der sie die Heldin war. Nicht die

Gescheiterte, deren Vergesslichkeit ihr wieder zum Verhängnis wurde.

Wenn sie die Pforte nicht wiederfand, war sie verloren. Gestrandet in einer Welt voller Monstren. Voller Schmerzen! Ihr Körper bebte bei dem Gedanken. Ihr war nur zu bewusst: Das Portal würde nicht ewig offen stehen.

Während I'a-R'et den dichten Farnwald geschmeidig wie ein junges Reh durchquerte, suchten ihre Augen immer wieder Kontakt mit dem Himmel. Die geflügelten Bestien zeigten sich nicht mehr. Auch das bedrohliche Summen der Rieseninsekten war verstummt. Hatte sie sie abgehängt?

Sie konnte keine Schätze bergen, kein Wissen sammeln, wenn es keine Menschlinge gab. Nur Ungeheuer. Nur Schmerzen. Die besaßen keinen Wert. Sie hob ihre eingesackten Schultern leicht an. Streckte ihren Schuppenkörper. Und wenn sie Menschlinge erfand? Wenn sie gejagt wurde, von grausamen Wilden, die sie fressen wollten? Von Androphagen, die das abgetrennte Bein eines erwachsenen Männleins am Spieß brieten?

Eine silberhelle Stimme unterbrach ihren Gedankengang.

I'a-R'et folgte der Stimme. Wie verzaubert von ihrem wohligen Klang!

Sie hörte Plätschern. Das musste der Fluss sein, an dem sich die Pforte geöffnet hatte. Sie schlängelte voran. Ihre

Hände streiften die Farnwedel zur Seite, als wären es die seidenen Vorhänge des Tempels der Niederkunft.

Die Schuppen ihrer zerkratzten Unterarme bebten. Der Gesang hatte eine gespenstische Wirkung. Sie fühlte sich entspannt und erregt zugleich. Er lockte sie geradezu. Sie brauchte sich nicht zu orientieren. Musste nicht auf die Richtung achten. Der Klang der sanften Stimme führte sie. Sie näherte sich dem Rand des Waldes. Sah bereits das Licht durch das Dickicht einbrechen. Das Plätschern wurde stärker. Antilopengleich sprang sie aus dem Farnwald und landete in einem Schachtelhalmfeld. Mit offenem Schlangenmund stierte sie auf das Ufer.

Der berückende Gesang drang von den vollen Lippen eines Menschlingsweibchens, das die Nemesis der Anmut verkörperte. Mit Brauen wulstig wie ein Eichhornschwanz. Und erst die verdrehten Augen. Wie konnte eine einzige Person so viel Noblesse und Derbheit gleichzeitig ausstrahlen? Menschlinge überraschten sie immer wieder.

Doch da war noch etwas. Etwas, was sie nicht in Worte fassen konnte. Ein Gefühl. Lust. Das Menschlein erregte sie. Wie konnte das sein?

Vor dem Menschling kauerte ein monströses Krokodil, welches unschlüssig schien, ob es die winzige Mahlzeit, die sich ihm so töricht darbot, annehmen oder verschmähen sollte.

In Sekunden wägte I'a-R'et alle Vorteile und Nachteile ab, die die Rettung der hutzeligen Sängerin für sie zu haben vermochte.

Sie konnte sich selbst schaden. Verletzt werden. Schmerzen empfinden. Ihr Gewand noch mehr ruinieren. Andererseits konnte das Menschlein ihr von Nutzen sein. Sie zu seinesgleichen führen. Vielleicht würde sie doch noch an Schätze gelangen. Reich beladen zurückkehren. Gefeiert werden. Ja, das würde sich lohnen.

Jetzt nur nicht wieder die falschen Worte wählen. Wie bei den Drachen. Statt Feuer hatte sie Frösche regnen lassen. Das unerwartete Amphibiengewitter hatte sie selbst mehr erschreckt als die geflügelten Monster, die sich hungrig auf sie stürzten. Wäre sie nicht in das Dickicht des Farnwaldes geflüchtet, sie hätte das Innere eines Drachenmagens studieren können.

Wie lautete die Formel der Speziesfaltung noch gleich?

Sie holte tief Luft und ließ gurgelnde Laute aus der Sprache der Eingeweihten über den Fluss dröhnen.

Das Krokodil schreckte hoch. I'a-R'et stand mit verschränkten Armen am Strand. Das runde Kinn leicht angehoben. Konzentriert beobachtete sie, wie sie in den Fokus seiner Aufmerksamkeit geriet. Wie sein mächtiger Schwanz unbeabsichtigt den Menschling niedermähte. Wie es auf sie zu rannte. Wie die Faltung schließlich begann.

Das Tier erstarrte, als wäre es in berstendes Eis gehüllt. Es ächzte gleich dem Orgientempel beim Schönen Fest der Trunkenheit. Splitter des eisähnlichen Raumes, der es umhüllte, brachen ab. Der Kopf mit der langen Schnauze verschwand zuerst. Etwas anderes entstand an seiner Stelle. Mehr und mehr Körperteile des Riesenkrokodils wurden unsichtbar. Schufen Platz für Teile eines neuen Wesens. Nur Sekunden dauerte der Spuk. Das angriffslustige Krokodilmonster verwandelte sich in ein …

Mist! Wieder die falsche Formel!

Statt eines Ferkels materialisierte ein verstörter Elefantenbulle. Panisch trötend trabte er auf I'a-R'et zu. Mit einer kaum wahrnehmbaren Bewegung glitt sie einen Meter zur Seite. Dabei warf sie ihren Kopf genervt nach hinten. Ihre Vergesslichkeit würde eines Tages ihr Untergang sein.

Vom plötzlichen Identitätswechsel verwirrt, rannte der Krokodilelefant an ihr vorbei in den Farnwald, wo er eine Schneise in das Dickicht schlug.

Das Menschlingsweibchen rappelte sich auf. Fluchte in einer Sprache, die nach der barschen Ausdrucksweise der Steppenvölker klang. Seine schlecht sitzende Rüstung kam I'a-R'et bekannt vor. Sie hatte sie schon einmal gesehen. Ja, genau, in ägyptischen Reliefs, die die Amazonen zeigten. Ihr Geschwister N'e-R'et hatte ein solches Kunstwerk von einer Expedition mitgebracht. Doch auf den bildlichen

Darstellungen sahen die Kriegerinnen elegant aus. Nicht pummelig.

Sollte dieses mickrige Menschlein eine Amazone beraubt haben? Die Amazonen mussten viele Schätze besitzen. Sie befanden sich permanent auf Raubzügen. Das könnte sich lohnen. Sie zweifelte jedoch, ob der Erkenntnis-Rat mit dem Wissen von kriegerischen Nomadenvölkern etwas anfangen können würde. Die kannten nicht einmal die Schrift. Sie schüttelte den Kopf. Menschlinge und ihre Kriege! Die Gewalttätigkeit dieser Spezies war das bedeutendste Rätsel von allen.

Das Menschlingsweibchen bückte sich und hob etwas vom Boden auf. Eine Doppelaxt, die ihm bis zum Scheitel reichte. Es schrie mit der garstig tiefen Stimme eines phönizischen Sklavenhändlers, als es axtschwingend auf sie zu rannte. Sein Kopf ragte wie eine auf den Wogen tanzende Schweinsblase aus dem Schachtelhalmmeer hervor. Je näher es kam, desto deutlicher konnte sie seinen Atem spüren. Er stank wie ein Jauchebottich.

Sollte das die gleiche Person sein, die so lieblich gesungen hatte? Und warum erregte sie sie so?

›Was will das undankbare Ding?‹, dachte sie sich.

Wieder bewegte sie sich so unmerklich und anmutig zur Seite, dass die Axt mehrere Schachtelhalmgewächse niedersichelte, sie aber verfehlte. Die Wütende blieb verwundert stehen. Blickte sich suchend um. Als sie I'a-R'et sah, verzerrte sich ihr Gesicht. Angewidert spuckte sie ihr vor die Füße.

»Verficktes Atlantis-Abschaum! Stören Sobek sanft singen!«

Der Wutmenschling sprach Griechisch. Er versuchte es zumindest.

»Hör mal Hitzköpfchen, du musst etwas Dankbarkeit zeigen!«, antwortete I'a-R'et in dem einfachsten Griechisch, das ihr einfiel.

Sie stemmte ihre geschuppten Arme demonstrativ in die Seiten. Als wäre es eine stattliche Walküre, wirbelte das Menschlein herum. Dabei schwang es seine Axt in die Höhe.

Ohne nachzudenken, schrie I'a-R'et ihm eine Starreformel entgegen. Die Eisenaxt blieb wie eingefroren in der erstarrten Luft stehen. Auch der an ihr hängende Menschlingskörper wirkte so steif und bewegungslos, als wäre er eine von Meisterhand geschaffene Eisskulptur. Sie hatte ausnahmsweise die richtigen Worte gefunden.

I'a-R'et lachte siegessicher auf, während sie mit ihrem Daumen prüfend die mit der Darstellung eines dreiköpfigen Greifens verzierte Axtklinge hinabwanderte. Dabei schnitt sie sich an der ungewöhnlich scharfen Schneide. Sie schrie vor Schmerz auf, fasste sich dann aber wieder. Unbewusst fuhr ihre gespaltene Zunge über den violetten Blutstropfen und kostete den salzigen Geschmack.

»Tja, Hitzköpfchen, du bist anscheinend ein extrem übel gelauntes Wutmenschlein! Aber jetzt hast du deine Meisterin gefunden und wirst ihr erklären, wo die restlichen Winzlinge deines Volkes stecken!«

Ein selbstgefälliges Grinsen schlich sich in ihr Gesicht. Entspannt ließ sie ihre Arme sinken. Es würde alles gut werden. Sie würde reich beladen zurückkehren. Sie würde berühmt werden. Es allen zeigen. Endlich dazugehören.

I'a-R'et sah, wie sich die Augen der Erstarrten weiteten und wild hin und her zuckten, schenkte dem aber keine Bedeutung. Sie würde noch ein wenig warten, bis sie sie wieder sprechen ließ. Das würde sie gefügiger machen. Es erregte sie über alle Maßen, den zornigen Menschling so hilflos zu sehen.

In diesem Moment spürte sie einen heftigen Schlag in ihrem Rücken. Sie stolperte voran. Stürzte zu Boden. Etwas Schweres drückte sie in den Sandboden. Ein ungekannter Schmerz wie von sichelscharfen Löwenklauen bohrte sich in ihren Rücken. I'a-R'et schrie wie nie zuvor in ihrem Leben.

3. Felina Fleabuttocks

Felina Fleabuttocks schoss auf das *Sarcosuchus imperator* zu. Kam ihm so nahe, dass sie in den, von der ultramarinblauen Echsenhaut abperlenden, Wassertropfen die Streuung der Spektralfarben im Detail bewundern konnte. Beeindruckt genoss sie den Anblick des glitzernden Nano-Regenbogens. Was sie hier erlebte, war fantastischer als jedes Altered Reality Survival Game! Sie rümpfte ihre feinsinnige Nase, die von einem nach gammeligem Fisch riechenden Gestank malträtiert wurde.

Eine kindliche Stimme trällerte mit koreanischem Akzent die Erklärung: ›In der Kreidezeitepoche des Mesozoikums entstanden zwar die ersten Vögel, wie der Urvogel *Archäopteryx*. Aber es gab noch nicht jene Vögel, mit denen das *Sarcosuchus imperator* eine als Putzsymbiose bezeichnete Partnerschaft hätte eingehen können, um sich von Parasiten und Mahlzeitresten zwischen den Zähnen befreien zu lassen. So eine, wie sie beispielsweise für die im 21. Jahrhundert ausgestorbenen *Crocodylus suchus* und Vertreter der Gattung *Pluvianus aegyptius*, auch bekannt als Krokodilwächter, beschrieben wird. Daher der strenge Geruch, der uns in die Nase dringt!‹

Felina Fleabuttocks hatte das Akustikprogramm der Agya gehackt und die übermäßig distinguiert klingende Stimme der Werksversion mit dem belehrenden Unterton durch eine neue ersetzt. Sie wählte die mädchenhafte Bubble-Stimme der virtuellen Sängerin ihrer Lieblingsband: der skandalträchtigen 'Augmenting Lesbian Apokalypse'. Anfangs wurde Agya nicht müde, ihr vorzubeten, wie viele internationale Copyright-Abkommen und interne Vertragsklauseln sie damit verletzt hatten. Es betraf 54 Abkommen sowie 86 Klauseln, plus 14 Vertragsbrüche beim Unterzeichnen der Zeitreisevereinbarung. Sie wusste es inzwischen auswendig. Diese ständige Litanei ging ihr immens auf die Nerven. Also hackte sie sich in Agyas Subroutinen, um jene Dateien zu löschen, die für die permanente Aufzählung der begangenen Straftaten zuständig waren. Sowie jene, die die Eingriffe in die Subroutinen beklagten und jene, die …

Mittlerweile verbrachte sie so viel Zeit mit dem Code, dass sie ihn besser kannte als den ihrer Brutmutter. Doch die ließ sich nicht so einfach umprogrammieren. Es war ihr nie gelungen, zu ihrem Quellcode vorzudringen. Wie oft hatte sie versucht, sie milder zu machen? Ihr einen Hauch von Fürsorglichkeit einzupflanzen. Vergebens!

Eine bequeme Schwebehaltung einnehmend, folgte Felina Fleabuttocks dem elf Meter und 83 Zentimeter messenden Urzeitkrokodil, auf seinem Weg durch den Fluss. Sie scannte und analysierte jeden Nanometer des vorweltlichen Räubers. Sein ein Meter und 23 Zentimeter messendes Maul mit der blasenförmigen Nasenspitzen-Bulla vermochte sie trotz der darin liegenden hoch entwickelten Wahrnehmungsorgane nicht zu erkennen. Das mit ihrer Agya vernetzte Zeitreiseprogramm schuf eine Wahrnehmungsanomalie. Sie war nicht einfach unsichtbar, unhörbar oder unriechbar. Nein, sie war unwahrnehmbar. Selbst die Veränderung der Luftströmung durch ihren Schwebezustand, dreiundzwanzigeinhalb Zentimeter über dem Reptil, wurde durch das Programm kompensiert. Und Agyas Stimmchen trällerte direkt in ihren Geist. Ihr konnte nichts geschehen.

In kindliche Entdeckungslust versunken, überhörte sie die mahnenden Worte Agyas.

Gleich einem überstrengen Brutmutterersatz erklärte diese: ›Es ist unumgänglich, die anderen zu suchen, da wir nach nur 18 Minuten und 35 Sekunden bereits vier grundlegende Vertragsbrüche begangen haben. Wir müssen daher unverzüglich ins 22. Jahrhundert zurückkehren. Die Liste der zu erwartenden Bestrafungen erhöht sich um den Faktor drei.‹

Felina Fleabuttocks rollte mit den Augen und ignorierte Agya. Wie so oft. Bei dem Gedanken an die Bestrafungen schüttelte sie sich unwillkürlich. Es war nicht ihre Schuld, protestierte sie trotzig in Gedanken. Sie war in eine Felsspalte gefallen und hatte für zwei Minuten und 33 Sekunden das Bewusstsein verloren und damit auch den Anschluss an die Reisegruppe. Gut, sie hätte in dem 54-seitigen Fragebogen der Zeitreisequalifikation ihre Tollpatschigkeit als krankheitsähnliche Untauglichkeit auflisten müssen. Aber welche macht das schon!

Es würde ihr nichts geschehen. Das Zeitreiseprogramm verfügte schließlich auch über ein raum- und zeitübergreifendes Ortungssystem. Sie konnte nicht verloren gehen. Sie würden sie finden. Sie würden sie bestrafen. Es würde wie immer sein. Aber bis dahin wollte sie ihren Spaß haben und möglichst viel von dieser spannenden Zeit erleben.

Felina Fleabuttocks' Pupillen verengten sich zu Schlitzen. Ewa hundert Meter nördlich erschien am linken Flussufer ein monumentaler, purpurviolett leuchtender Kugelblitz. Etwa hundert Meter? Agya schaltete in den Panikmodus.

»Fe-Fe-Felina! Felina Fleabuttocks! Ich-ich-ich habe ein Pro-Problem!«, hallte es laut über dem mesozoischen Krokodil, welches seinen Kopf reckte, aber nichts erkennen konnte.

›Eine unbekannte Energieform beeinträchtigt unsere Funktionen ähnlich einem elektromagnetischen Impulsfeld. Eine Neuinstallation des partiell geschädigten Programmcodes ist unumgänglich!‹, entschuldigte Agya, die jetzt wieder direkt mit ihrem Geist kommunizierte, ihr Fehlverhalten.

Felina Fleabuttocks ignorierte den Panikmodus ihrer transhumanen Extensionseinheit. Verdrängte die beunruhigende Tatsache, dass Agya sie mit ihrem Namen ansprach und kurzzeitig das Wir-Konzept ihrer gemeinsamen Identitätskonstruktion negierte. Doch sie hielt instinktiv einen größeren Abstand zu dem Krokodilsaurier. Dieser machte sich neugierig auf den Weg zum Strand, wo ihn eine Vielfalt von *Equisetopsida*-Gewächsen erwartete.

Der plötzlich erscheinende Lichtblitz ließ nicht nur Agya die Fassung verlieren, sondern schuf auch eine Luftspiegelung am Ufer.

Im Zentrum der Fata Morgana bewegte sich etwas. Lichtreflexe funkelten darin. Die oberflächlich durchgeführte Analyse wies auf einen ungewöhnlichen Quantenstrom hin. Felina Fleabuttocks zoomte mit ihren technologisch perfektionierten Katzenaugen direkt auf das Gebilde. Im Innern erkannte sie eine weibliche Person in einer bronzefarbenen Rüstung, die sich nach vorne beugte und … Sie übergab sich?

Ein freches Grinsen schmückte Felina Fleabuttocks' Gesicht und entblößte ihre Fangzähne. Jetzt wird es spannend, jubelte sie innerlich. In der Aufregung vergaß sie, die Quantenanomalie genauer zu untersuchen.

Die ein Meter und 53 Zentimeter messende Kriegerin stimmte mit glockenheller Stimme einen Gesang an. Felina Fleabuttocks hatte nie in ihrem Leben eine so klare Stimme vernommen. Auch keine virtuelle. Sie musste diese Stimme besitzen. Wenn sie genügend Samples davon aufnahm, konnte sie diese modulieren und in das Akustikprogramm ihrer Agya integrieren.

›Die vor uns erscheinende Gestalt gehört zur Spezies des Homo sapiens sapiens. Sie trägt die weibliche Standardrüstung jener Nomadenvölker, die im ersten Jahrtausend vor

Beginn der christlichen Zeitrechnung vom Schwarzen Meer aus in Raubzügen gen Westen wanderten und viele Kulturen unterwarfen. Ihr Gesang entstammt einer indogermanischen Sprachfamilie der Antike und bildet einen skytho-sarmatischen Dialekt. Das Vorhandensein dieser Lebensform in diesem Erdzeitalter stellt eine nicht-autorisierte, chronologische Anomalie dar, die umgehend berichtet werden muss‹, reklamierte Agya noch immer im Panikmodus.

Ihre Stimme quietschte wie die eines quengelnden Kindes. Felina Fleabuttocks würde sie definitiv durch die Glockenstimme der Nomadin ersetzen. Sie strahlte. In ihrem Geist tanzte es. Was für eine Stimme! Als hätte sie ihr Leben lang darauf gewartet. Ein sanftes Schnurren drang aus ihrem Oberkörper.

Verspielt wies sie Agya an, die notwendigen Akustiksamples für eine Stimmmodulation zu sammeln. Statt wie erwartet, auf die ungeklärte Copyrightsituation hinzuweisen, antwortete die von der Stimme unbeeinflusste Agya schnippisch: ›Das muss warten. Erst muss diese Anomalie gemeldet werden. Sie stellt einen Klasse-Alpha-Ultra-147-Ausnahmevorgang dar, der sofortiges Handeln erfordert.‹

Das *Sarcosuchus imperator* war offenbar genauso angetan von dem Gesang wie Felina Fleabuttocks. Denn statt die Nomadenkriegerin anzugreifen, schwang es seine ausgedehnte Schnauze im Takt der Melodie. Die in ihre Agya integrierte Datenbank konnte nur die gebräuchlichsten Vokabeln des seltenen Dialektes übersetzen. Sie musste sich den Rest aus dem Kontext erschließen. Das Spezialgebiet der kriegerischen Bardin war offenbar der Landschaftsgesang. Vielleicht eine bisher nicht bekannte antike Kunstform ähnlich der Landschaftsmalerei? Dabei kam das Wort Blut gehäuft vor, was auf ein Übersetzungsproblem hinwies.

Während Felina Fleabuttocks nach geeigneten Ersatzübersetzungen für den roten Lebenssaft suchte, tauchte eine weitere nicht-autorisierte, chronologische Anomalie am Schachtelhalmstrand auf. Aus dem aus *Tempskya pulchra-*, *Cycadeoidea cylindrica-* sowie zahlreichen *Weichselia reticulata-*Spezies bestehenden Farnwald sprang eine zwei Meter und 13 Zentimeter messende, genetisch nicht eindeutig zuordenbare Spezies. Sie trug ein goldenes Gewand, welches die Datenbank als bis zur 'Unkenntlichkeit zerstörte Priesterinnenkleidung einer nicht-dokumentierten Kultur' klassifizierte.

Agya wechselte vom Panikmodus in den Apokalypsemodus der Stufe Gelb.

›Wir können diese multiplen Anomalien nicht berichten. Der Kontakt zur Datenbank des Zeitreisekonsortiums wurde unterbrochen. Die Wiederherstellung der beschädigten Dateien wurde durch die vielen nicht-autorisierten Eingriffe in das Kernprogramm, verhindert. Wir sind nicht mehr mit dem Netzwerk des Zeitreisekonsortiums verbunden. Wir können nicht mehr lokalisiert werden!‹, kreischte Agya in ihrem Geist.

Ein Endorphin-Tsunami überschwemmte Felina Fleabuttocks und fegte alle Sorgen davon: Endlich frei! Nicht mehr lokalisierbar! Nicht mehr gefangen! Nie wieder bestraft werden! Das Leben konnte beginnen! Sie schwebte abrupt in die Höhe. Der Freiheit süßer Kuss erwischte sie mit solcher Wucht, dass sie freudig maunzte.

Auch das *Sarcosuchus imperator* bemerkte die chronologische Anomalie genetisch uneindeutigen Ursprungs, die verstörend klingende Laute hervorgurgelte.

›Diese Sprache korrespondiert mit keiner, der in der Datenbank befindlichen Sprachen. Sie weist auch keinerlei Affinität zu den auf diesem Planeten in allen Zeiten gesprochenen Sprachen auf. Sie ist nicht terrestrisch!‹, herzkasperte Agya, die kurz vor dem Wechsel in Apokalypsemodus Rot stand.

Das wird immer besser, juchzte Felina Fleabuttocks, der die Korrelation zwischen der Steigerung ihres Wohlbefindens und dem Zuwachs an Verzweiflung aufseiten Agyas nicht entging.

Das Kreidezeitkrokodil erschrak. Es wirbelte herum. Dabei schlug es die Bardin um. Mit geöffnetem Maul trampelte es auf die in goldene Seide gehüllte Anomalie zu, die wie ein Leuchtfeuer aus dem Schachtelhalmmeer ragte. Mitten im Lauf geriet es in ein Realitätsparadoxon. Während das von der Umgebung gebrochene Sonnenlicht den Eindruck erweckte, das *Sarcosuchus imperator* wäre in erstarrtem Eis gefangen, lieferte die Scan-Analyse ein ebenso fantastisches wie beunruhigendes Ergebnis. Mehrere Ebenen der Realität schienen sich auf der Quantenebene zu vermengen. Auch das Scanprogramm schien durch den Lichtblitz in Mitleidenschaft gezogen worden zu sein. Statt des *Sarcosuchus imperator* zeigte es einen panisch trötenden *Loxodonta africana* an, der in Todesangst auf die unbekannte Priesterin zu rannte. Er verfehlte sie, da sie auf nicht wahrnehmbare Weise einen Meter seitwärts rückte.

›Es muss außerordentlich verwirren, plötzlich ein prähistorisches Krokodil gefangen im Körper eines afrikanischen Buschelefanten zu sein …‹, schmunzelte Felina Fleabuttocks mitfühlend, ›… aber welche Möglichkeiten das eröffnet! Wow!‹

Ihre Katzenaugen weiteten sich.

Die am Boden liegende, chronologische Anomalie erhob sich wie eine Naturgewalt. Mit schwieligen Händen ergriff sie eine, im Jahre 563 vor der Zeitrechnung aus Eisen gefertigte Doppelaxt, die der Geschichtsschreiber Herodot der Kultur der Amazonen zuordnete. Die Axt wie eine Sense durch die Luft kreisen lassend, rannte sie auf die genetisch unbestimmbare, chronologische Anomalie zu. Dabei stieß sie einen Fluch aus, der auf einen Absud aus gammelnden Fischinnereien, vergorener Eselsmilchsuppe und dem eitrigen Ausfluss weiblicher Genitalien verwies.

Felina Fleabuttocks verzog das Gesicht, als hätte sie einen Schluck Zitrussubstitut getrunken. Warum musste sie sich auch immer alles gleich bildlich vorstellen!

Die Amazone beleidigte in rudimentärem Altgriechisch das offenbar aus Atlantis stammende, genetisch unein--deutige Wesen. Sie erklärte, dass ihr Gesang einen ägyptischen Krokodilgott besänftigte. Felina Fleabuttocks unsichtbares Fellgesicht wandelte sich in ein einziges Grinsen.

Die Amazonenkriegerin sprang in die Höhe und schwang dabei ihre Doppelaxt mit der Absicht, das Atlantiswesen zu enthaupten. Felina Fleabuttocks wollte eingreifen, Anomalie hin oder her, doch bevor sie ihr Ziel erreichte, hatte das vermeintliche Opfer die kleine Berserkerin bereits mittels einer erneuten akustischen Intervention der Bewegungsfähigkeit beraubt. Sie trotzte der Schwerkraft. Samt geschwungener Axt baumelte sie in der Luft wie in einem antiken Schlachtenmosaik. Wieder spielte der Scanner verrückt. Er zeigte die Überlagerung verschiedener Realitätsdimensionen auf der Quantenebene an.

›Oh weh‹, jammerte Agya, ›die nicht-bestimmbare, nicht-autorisierte chronologische Anomalie schuf mithilfe von dissonanten Klangfolgen einer nicht-terrestrischen Sprache ein Naturgesetzparadoxon. Ein solcher Regelverstoß ist nicht in der Datenbank registriert. Es handelt sich um einen erstmaligen Regelverstoß, der unverzüglich gemeldet, registriert und debattiert werden muss. Es muss eine völlig neue Kategorie von Regelverstößen geschaffen werden, die eine grundlegende Transformation der Parameter der Regelverstoßdatenbank erfordert.‹

Während Agya sich in immer tiefere Programmschleifen jammerte, bis sie schließlich den Apokalypsemodus Rot erreichte, erschien in der Schneise, die der verstörte Krokodilelefant geschlagen hatte, eine chronologische Kongruenz.

Mit einem kunstvollen Sprung warf der drei Meter und 35 Zentimeter Umfang messende *Deinonychus antirrhopus*, die nicht-irdische Priesterin zu Boden. Ein geckenhaftes Geschrei drang aus seinem weit geöffneten Maul, als er ihr seine rechte, zwölfeinhalb Zentimeter lange Sichelkralle in die Schultergürtelmuskulatur bohrte.

Sie schrie herzzerreißend auf. Felina Fleabuttocks hatte nie einen gequälteren Schrei vernommen. Verwundert stellte sie fest, wie der Schmerzensruf das Naturgesetzparadoxon auflöste. Die Amazone plumpste gleich Fallobst zu Boden.

Instinktiv griff diese nach der Doppelaxt, die aber bereits in Felina Fleabuttocks Händen lag und von ihr mit der Eleganz einer Slapstick-Performerin gegen den Raubsaurier geschleudert wurde. Statt einer der beiden Klingen traf nur der, aus dem Stamm einer 234 Jahre alten Esche gefertigte, Schaft den Schädel des gefiederten Theropoden. Von dem ungeschickten Manöver überrascht, blinzelte der *Deinonychus antirrhopus* wie ein flackerndes Notsignal, bevor er bewusstlos zu Boden fiel.

›Gut, dass wir so tollpatschig sind‹, meldete sich Agya aus ihren tiefsten Programmschleifen zurück, ›denn das Töten einer Lebensform während einer Zeitreiseexpedition kann mannigfaltige temporale Paradoxa auslösen. Es führt zum sofortigen Ausschluss von allen organisierten Zeitreisen auf Lebenszeit.‹

4. Triell

Hypsipyles Augen weiteten sich zu Wagenrädern, als sie das Wesen aus dem Farnwald hervorbrechen sah.

Was für ein wunderschöner Vogel! Welch prachtvolles Gefieder!

Er maß das Doppelte der Strauße Lybias. Sein Federkleid strahlte gleich einem überreifen Pfirsich in Varianzen von Rot- und Gelbtönen. Schon als Kind beobachtete Hypsipyle Tiere mit ungebremster Leidenschaft. Sie verstand sie besser als Menschen. Und mochte sie auch mehr. Das war kein Vogel! Vögel besaßen keine Reptilienaugen. Auch keine Zähne. Eine spitze Zahnreihe bleckte aus dem geöffneten Maul des Echsenvogels, als er auf sie zu rannte. Seine ausgestreckten Ärmchen waren mit sonnuntergangsgelben Schwungfedern übersät, die wie zwei Wedel auffächerten und ihm die nötige Balance boten.

Ein derart gefiedertes Reptil, welches nur auf den Hinterbeinen lief, hatte Hypsipyle noch nie gesehen. Ihre Augen leuchteten vor Bewunderung.

Das Vogelreptil setzte zum Sprung an, segelte mehrere Meter durch die Luft, bevor es mit seinen angewinkelten Beinen im Rücken des Dämonischen landete und es zu Boden warf.

Hypsipyle wusste nicht nur bestens über Tiere Bescheid. Sie kannte sich auch mit Schreien aus. Die Schreie der Schwachen, die Schreie der Starken, die Schreie der Gefolterten und die verzweifelten Schreie, derer, die vom Schlachtfeld fliehen. Sie hatte schon jeden Schrei gehört. Aber das, was aus dem Munde des atlantischen Abschaums drang, als das befiederte Biest auf ihn sprang, war auch für Hypsipyle eine neue Erfahrung.

Wie konnte eine so mitleiderregend schreien!

Das Geschrei löste ihre Starre. Sie plumpste hinab. Griff im Fallen instinktiv nach ihrer Labrys. Doch die schwebte wie von unsichtbarer Hand gelenkt durch die Luft. Eine Hand, die offenbar nie zuvor eine Waffe führte.

Was war das denn? Wie konnte man eine Axt so falsch halten? Im Farngebüsch sitzend schüttelte Hypsipyle den Kopf. Ihre Mähne wirbelte herum und fiel ihr ins Gesicht. Zwischen roten Locken blickte sie nach oben.

Eine auf einer nassen Wiese landende Breitschnabelente besaß mehr Eleganz als diese durch die Luft torkelnde Axt. Sie traf den Kopf der Vogelechse derart ungeschickt, dass diese ohnmächtig zu Boden fiel. Die Labrys stolperte weiter. Wenige Zentimeter vor Hypsipyle kam sie zum Stehen.

»Hier befindet sich die gedoppelte Axt, die zu dir gehört, stimmschöne Kriegerin der Amazonen. Bitte lösche damit nicht das Licht der genetisch unbestimmten, zu Atlantis gehörenden Lebensform …«, erklärte eine Stimme im Timbre eines Katzenschnurrens.

»Und auf keinen Fall den *Deinonychus antirrhopus*, um das Resultat mannigfaltiger temporaler Paradoxa zu minimieren …«, blubberte eine Kleinkindstimme hinterher.

Beide Stimmen kamen aus dem Nichts. Sie nutzen einen sonderbaren griechischen Dialekt. Hypsipyle strich sich mit der linken Hand die Haarsträhnen aus dem Gesicht, während ihre Rechte die Axt ergriff.

»Wer ihr sind? Wieso ihr nicht gesehbar?«, grollte sie.

In Kaskaden flutete die Wut durch ihren Körper. Wie viel Tierquälerei musste sie noch ertragen? Sie tat einen Schritt nach vorne, um dem am Boden liegenden Atlantis-Abschaum ihren linken Stiefel in die frisch geschlagene Rückenwunde zu treten. Ein Blick auf sein in Fetzen hängendes, goldenes Gewand offenbarte, dass er nicht geschlechtslos war. Die Dämonische war auch nicht ohrlos wie die anderen, die in Atlantis ihrer Raserei zum Opfer fielen. Gleich nach außen gestülpten Fischkiemen schmückten angewachsene Ohren den Schlangenkopf der Geschuppten. Aus ihrem Unterleib wuchsen menschliche Beine, keine Stummelbeinchen, aber auch ein winziger Echsenschwanz. Doch sie schrie genauso kläglich wie ihre geschlechtslosen Verwandten.

Hypsipyle ließ den Fuß auf der Wunde ruhen. Verstärkte den Druck. Keine, die ihre Zähmung störte, kam ungeschoren davon! Und erst die Verwandlung! Ein Tier derart zu traumatisieren! Sie schnaubte. Aber vor allem anderen: Keine nannte sie ungestraft Hitzköpfchen.

Ein fauliger Gestank schlimmer als der des *Sarcosuchus imperator* drang aus dem Munde der Amazone, deren Stimme jeden Wohlklang verloren hatte. Felina Fleabuttocks war sich nicht mehr sicher, ob sie diese Reibeisenstimme im Akustikprogramm ihrer Agya wollte.

»Der Name Felina Fleabuttocks gehört zu mir …«

Sie räusperte sich. Es fiel ihr immer noch schwer, den verhassten Gefängnisnamen auszusprechen.

»… meine Identität ist die einer Reisenden aus dem Jahr 2.184 nach Beginn der christlichen Zeitrechnung. Freude erfüllt mich, mit dir eine Begegnung zu teilen. Es ist hilfreich für dich der Stimme des Kindes die Beachtung zu entziehen. Sie ist ein Bestandteil der transhumanen Extensionseinheit, die zu meiner Person gehört.«

»Hä?«, unterbrach die Kämpferin sie barsch.

War die Amazonenkriegerin derart begriffsstutzig? Oder lag es daran, dass die mit ihrem Sprachzentrum verlinkte technologische Erweiterung, sie nicht das Griechisch der Antike, sondern jenes des 22. Jahrhunderts, sprechen ließ?

»Wo ihr sind?«, forderte die Amazone mit Groll in der Stimme.

Dabei schwang sie ihre Doppelaxt in Kreisen durch die Luft und versuchte, was auch immer da sprach, zu verletzen. Gleichzeitig achtete sie sorgsam darauf, dass ihr Halbstiefel in der Wunde des rotschuppigen Atlantiswesens stecken blieb. Nur noch vor sich hin wimmernd, da ihm die Kraft zum Schreien fehlte, hatte dieses sich seinem Schicksal ergeben.

Felina Fleabuttocks schwebte in weiser Voraussicht genau einen Meter und 93 Zentimeter über dem Boden, wodurch die Doppelklinge sie stets verfehlte. Es schien klug, sich dieser Cholerikerin vorerst nicht zu offenbaren.

»Mit welchem Namen darf ich die Anrede, die zu dir gehört, beginnen, an Tapferkeit reiche Kriegerin im bronzenen Kleid?«

»Hä? Ihr wollen gewusst meine Name?«

»Deine Scharfsinnigkeit strahlt wie eine 250 Millionen Lichtjahre entfernte Supernova …«

»Meine Name sind Hypsipyle auf Limnos, Königin die Amazonen die See von Ägäis, Totschlägerin der Argonauten-Abfall, Durchwanderin die große Steppe, Reiterin auf Frauenpferd Rhimna, hingebungsvoller Dienerin zu Artimpasa, Zuerstgekrochene durch Mutterleib von …«

»Gut, gut, gut, ich werde dich Hypsi nennen!«, unterbrach Felina Fleabuttocks die Litanei der Amazonenkönigin.

»Ihr nicht Wagnis das! An der Stelle Hypsipyle vertötet ihr!«, schrie die Amazonenkriegerin hitzig und schlug wilde Pirouetten mit ihrer Labrys.

Felina Fleabuttocks gelang es, in letzter Sekunde nach oben zu gleiten, bevor die schwingende Doppelklinge ihren linken Fuß streifen konnte. Durch die hektische Bewegung verlagerte die Amazone ihr Gewicht und das Atlantiswesen stöhnte hörbar auf.

Der *Deinonychus antirrhopus* blinzelte und gab das Geräusch einer Ziege, die einen Gecko verschluckt hatte, von sich.

»Dieser Axt Hypsipyle schärfen!«, rief die Kämpferin in die Leere vor sich und wandte sich dem durch eine Kopfverletzung beeinträchtigten Raubsaurier zu.

Sachte legte sie ihre Axt beiseite, verdrehte die Augen und stimmte in ihrer Glockenstimme ein Lied an.

›Ein akustisches Schärfen der Waffe?‹, wunderte sich Felina Fleabuttocks.

Im gleichen Moment begriff sie, dass es sich um eine antike Redewendung handelte. Offenbar war die Sängerin der Meinung, dass der erwachende Theropode ihr Problem sei.

Der Schmerz war überall. Ihr Schlangenkörper zitterte. I'a-R'et fehlte selbst die Kraft zum Schreien. Nur ein Wimmern drang von ihren schwarzen Lippen. Benebelt, wie in einem Fiebertraum, verfolgte sie den eigenartigen Dialog. Ihr Kopf lag seitlich, doch sie vermochte den Ursprung der Stimmen nicht zu erkennen. Da war keine. Nur zwei unterschiedliche Stimmen, die das ungewöhnlichste Griechisch sprachen, das sie je vernommen hatte. Ein unbekannter Dialekt. Wirre Wortkombinationen. Die Stimmen nutzten griechische Worte, die sie nie gehört hatte. Deren Sinn sie rätseln ließ. Vermutlich, weil sie aus einer anderen Zeit anreisten. Es klang, als machten die Unsichtbaren auch Expeditionen. Und sie kannten ihr Geheimnis. Das bedeutete nichts Gutes.

Das Wutmenschlein, dessen Fuß in ihrer Wunde steckte, verstand offenbar kein bisschen. Aber das war ja klar! Selbst das trotteligste Rindvieh war mit mehr Intelligenz gesegnet als dieser Homunkulus. Das Lieblingswort ihres Geschwisters N'e-R'et, welches es von einer Expedition in das Zeitalter des Verlorenen Wissens mitbrachte. Mit dem es alle beschimpfte, die auch nur einen Zentimeter kleiner waren als es selbst – insbesondere I'a-R'et, die Kleinste von allen.

Hätte I'a-R'et die Kraft zum Sprechen besessen, sie hätte einen Kübel Sarkasmus über diesen Homunkulus geschüttet.

Aber die Schmerzen! Ach, die Schmerzen!

Nicht allein die Körperlichen. Auch die Schmach unter dem Fuß eines Menschling zu siechen. Das hatte sie nicht verdient! Wieso geschah alles Unglück immer nur ihr?

Ihr Blick wanderte zum Sichelkrallenmonster, welches einen Meter von ihr entfernt lag. Sie konnte es atmen hören. Es war nicht tot. Es öffnete die Augen. Nein, das konnte nicht sein. Doch! Die Bestie blinzelte. Einmal. Zweimal. I'a-R'et sah, wie ihr Maul aufklappte. Dutzende spitze Zähne wuchsen darin wie die Dornen, die ihr Gewand zerfetzt hatten. Ihr schuppiger Körper erstarrte zu Stein. Doch ihr menschliches Herz schlug wie tausend Trommeln.

Merkten die anderen nicht, dass das Ungeheuer erwacht war?

Ein echsenartiger Schrei drang in kurzen Abfolgen aus seinem Rachen. Plätschernd wie ein Bergbach.

Der Schmerz wurde schwächer. Das Menschlingsweibchen nahm den Fuß von ihrem Rücken. I'a-R'et konnte normal atmen und hörte eine Glockenstimme.

Das Menschlein sang wieder. Sie verstand nur wenige Worte. Die Sprachen der Steppenvölker erschienen ihr zu unergiebig, um sie gewissenhaft zu lernen. Der Gesang handelte von Steppen und einem verletzten Pferd.

›Hitzköpfchen spinnt!‹, dachte I'a-R'et in jenem Moment, in dem sie die Wirkung spürte.

So mickrig und pummelig war es bestimmt nicht einfach im Leben. Und so wutzerfressen! Es musste ein schweres Leben haben, das arme Ding. Vielleicht war es deshalb so aufbrausend. Sie wusste nur zu gut, wie es sich anfühlte, anders zu sein. Sich immer beweisen zu müssen. Nicht dazuzugehören!

Auch der Schmerz in ihrer Schulter ließ weiter nach. Ihre Kräfte kehrten zurück. Sie zischte laut, während sie in die Höhe schlängelte.

Aber Hitzköpfchen sang unbeirrt weiter. Beachtete sie gar nicht. Ihr war, als würde sich die Wunde in ihrem Rücken schließen. Auch die Fleischwunde in ihrem Oberarm schmerzte nicht mehr so stark. Sie konnte sich wieder bewegen. Konnte wieder klar denken. Ein wohliges Gefühl durchströmte ihren Körper. Belebte sie. Sie streckte sich. Ließ ihre Arme entspannt durch die Luft gleiten. Das Thema des Gesangs wandelte sich. Irgendwas mit Hunden. Oder Wölfen. Einem Rudel?

Sie fühlte sich kraftvoll. War der Gesang der Ursprung ihres Wohlbefindens? War das Menschlein derart fortschrittlich? Besaß es gar eine Ahnung von der Faltigkeit des Universums?

Das Maul des Ungetüms stand weit offen. Die Kopfwunde schien geheilt. Seine Augen blinzelten nicht mehr schlangengleich. Sie fixierten gebannt das Menschlingsweibchen. I'a-R'et sah die Doppelaxt unbewacht am Boden liegen. Zum Greifen nah. Ein einfacher Schlag. Es ihm heimzahlen.

Nein, das hatte das Wutmenschlein nicht verdient. Sie wollte auch nicht, dass es aufhörte zu singen. Sie fühlte sich so wohl. Vielleicht begriff es tatsächlich die Faltigkeit …

»Diese Handlung hätte multiple Konsequenzen zum Inhalt, deren Betrachtung eine grundlegende Analyse Wert ist, vielfältige Naturgesetzparadoxa auslösende, zu Atlantis gehörende Lebensform!«, flötete Felina Fleabuttocks.

Als sie sah, wie die Atlanterin auf die Axt schielte, schwebte sie dicht an sie heran. Felina Fleabuttocks war von der Glockenstimme verzückt. Der Gesang sollte nicht verstummen. Wenn sie diese Stimme modulieren und den garstigen Teil entfernen würde, wäre es die perfekte Ergänzung ihres Akustikprogrammes. Sie war so eingenommen von ihrem Klang, dass sie versäumte, die Heilung des Theropoden zu scannen.

Der *Deinonychus antirrhopus* neigte sein geheiltes Haupt. Aus der Schräge blickte er auf die Amazonenkriegerin. Wie eine Wölfin, die sich der neuen Rudelführerin unterwirft.

»Was ermöglicht dir die Reise durch die Zeit und macht dich unsichtbar?«, zischte das Atlantiswesen.

Es hatte von dem Plan, die Amazonenkönigin mit ihrer eigenen Axt zu erschlagen, abgelassen. Gut so, dachte Felina Fleabuttocks: Es bestand eine 83-prozentige Chance, dass der *Deinonychus antirrhopus* es angegriffen hätte, um seine Herrin zu beschützen.

»Wie darf ich die Anrede, die zu dir gehört, beginnen, genetische Frucht zweier Welten im Goldgewand?«

»Frucht zweier Welten? Welch Unsinn! Ich bin I'a-R'et aus dem Genpool des Dritten Nestes der Hohen Biegung!«

Sie log. Eindeutig. Felina Fleabuttocks' technologisch erweiterte Sinne nahmen eine Anspannung in ihrer Stimme und einen leicht erhöhten Herzschlag wahr. Sie entstammte nicht dem Genpool des Dritten Nestes der Hohen Biegung, was immer das bedeuten sollte. Warum log sie eine Fremde an?

Die Bardin streichelte zärtlich durch den Federkranz, der das Haupt des *Deinonychus antirrhopus* wie eine Flammenkrone schmückte. Sie küsste seine Schnauze und flüsterte einen Namen: Tabiti.

›Es ist der Name der Göttin des Feuers, eine der skythischen Hauptgottheiten. Der chronologischen Anomalie ist es erstaunlicherweise gelungen, das äußerst schwierig zu bestimmende Geschlecht der Spezies *Deinonychus antirrhopus* korrekt zu benennen! Chapeau!‹, murmelte Agya, die sich wieder aus ihren Schleifen hervortraute und versuchte, sich nützlich zu machen.

›Korrekt zu benennen‹, äffte Felina Fleabuttocks Agyas Stimmchen nach.

Die Amazone hatte ein Raubsaurierweibchen gezähmt, als wäre es ein verspieltes Hündchen. Welch unerwartete Wendung! Sie wollte nie wieder zurück in ihre erstickend deterministische Zeit.

Auch die Mensch-Alien-Hybridin war spannender als jedes Wesen, dem sie im 22. Jahrhundert begegnen konnte. Gleich einer aus einem Geysir schießenden Wasserfontäne entlud sich in ihr der Drang, das Rätsel der Herkunft dieses Lebewesens und seiner magisch anmutenden Realitätsmanipulationen zu entschlüsseln. Unbewusst schnurrte sie laut.

»Der Genpool des Dritten Nestes der Hohen Biegung liegt außerhalb der Bereiche, die zu meiner Kenntnis gehören.

Teil dessen ist jedoch der Sachverhalt, dass du nicht diesem Genpool angehörst. DNS-Stränge des Homo sapiens sapiens gehören zu dir, verweilen aber in Begleitung nicht registrierter DNS-Stränge unbekannten Ursprungs. Dies verweist auf die Fragestellung, welcher anderen Welt du entstammst.«

I'a-R'et zuckte kurz. Ihre schlangengleichen Pupillen rotierten. Der Rest ihres Körpers stand starr. Die herabhängenden Fetzen ihres goldenen Gewandes nahmen die Form einer meisterhaft gestalteten Statue an.

Wie konnte sie die Zwickmühle lösen? Das Verlangen sich zu offenbaren, wuchs in ihr mit der gleichen Geschwindigkeit, mit der sich ihr Wesen änderte. Der Gesang ließ sie milde werden. Schwemmte etwas an die Oberfläche, was seit ihrer Kindheit unterdrückt wurde. Sie fühlte sich wohl. Nicht mehr getrieben. Entspannt schlängelte sie sich in eine bequeme Sitzhaltung.

Doch sie musste auf der Hut sein. Durfte sich nicht verraten. Jede Unachtsamkeit konnte ihre Mission gefährden.

Dieses Zeitreisewesen mit dem verdächtigen Namen Felina Fleabuttocks war offenkundig ebenfalls ein Menschling. Jedoch kein solches Wutmenschlein. Dennoch konnte es ihr gefährlich werden. Vielleicht gelang es ihr, beides zu tun: etwas preisgeben und es dabei austricksen. Sie konnte wertvolles Wissen sammeln. Reich zurückkehren! Die Pforte! Sie hatte die Pforte vergessen! Sie zischelte laut vor Wut über ihre Vergesslichkeit. Ihr Körper schnellte katapultartig in die Höhe.

»Lasst uns einen Handel schließen, unsichtbare Floharschfelina. Du verrätst mir deine Geheimnisse und ich beantworte dir die Frage meiner Herkunft. Doch vorher muss ich wissen, wo das Portal ist.«

»Die Portal verriegeln. Das Abschaum, wo Portal veröffnet, gemordet sein, geficktes Atlantis-Bastard!«

Die Stimme des Menschlingsweibchens klang wieder so garstig wie zuvor. Es kraulte das Kinn des Sichelkrallenmonsters, während es seinen Bogenhandschuh zu einem Lederband entflocht. Seine Finger waren geschickt darin. Als hätten sie dies schon öfter gemacht.

»Was soll das heißen 'gemordet'? Hast du sie umgebracht? Weißt du dummes Menschlein, was das bedeutet? Sie waren die Einzigen, die das Portal offen halten konnten. Wir kommen nie wieder zurück! Wir sind in dieser grausamen Zeit gefangen, Hitzköpfchen!«

I'a-R'ets Schuppen zuckte unkontrolliert. Ihre Stimme klang nach den gehetzten Rufen eines verendenden Rehs.

»Kein zurück gegeben! Atlantis brennen von Myrinas Amazonenheer! Nie wieder Bösen-Zauber-Raub! Der Schändung an Arthemision auf Ephesos Fehler sind! Amazonen Rache vergibt mit Beendigung Jahrhunderte des

Teufelei von Echidna-Ausgeburte!«, geiferte das Wutmenschlein.

I'a-R'et trat einen Schritt zurück, als sie sah, wie die Axtmörderin nach ihrer Waffe griff. Log sie? Konnte ein so winziger Menschling eine Amazone sein? Und sollte die Amazonenarmee es gewagt haben, den Außenposten anzugreifen? Wegen einer Lächerlichkeit wie dieses unbedeutenden Tempels? O'n-R'et hatte ihr geschildert, wie der Artemistempel in Ephesos bei der Artefakt-Extraktion Feuer fing. Ein Missgeschick. Ein Kollateralschaden. Welche konnte ahnen, dass die Amazonen deswegen so durchdrehen würden. Falls die Geschichte stimmte. Doch es passte. O'n-R'et riet ihr oft, äußerste Vorsicht im Umgang mit Menschlingen walten zu lassen, weil die meisten Menschlingsvölker ihresgleichen als Echidna-Nachkömmlinge wahrnahmen. Nach einer mythologischen Gestalt – halb Schlange, halb Menschlingsweibchen –, die Monster gebar. Sie waren so dumm, dass es schmerzte. Im wahrsten Sinne des Wortes. Ihresgleichen wurden weit und breit gejagt. Aus allem, was ihnen fremd war, mussten Menschlinge eine Schauergeschichte weben. Atlantis! Die sagenhafte Insel! Dämonen! I'a-R'et ließ ihre Schuppen klappern bei dem Gedanken, wie töricht Menschlinge waren.

Schauer liefen ihr den Rücken herunter, als sie an den brennenden Außenposten dachte. Waren alle Amazonen so brutal wie diese Schlächterin? Hatten sie ihre Geschwister ermordet? Alle 16? Und alle anderen? War sie allein unter

Menschlingen? Die einzige ihrer Art? Welch Albtraum! Sie keuchte laut. Ihre Schlangenaugen fixierten die Brutala, die drohend ihre Axt schwang. Sie war nicht nur gewalttätiger als die meisten, sie besaß auch Fähigkeiten, die rar unter Menschlingen gesät waren. Die Mörderin funkelte sie an. Unwillkürlich zuckte I'a-R'et zusammen. Wie Flammenpfeile schossen ihre Gedanken durch den Nebel der Trauer, der in ihr aufstieg: Floharschfelina konnte ihre Rettung sein! Sie war eine Zeitreisende. Ihr Wissen könnte ihr ermöglichen, allein und unabhängig Expeditionen durchzuführen. Sie könnte die Mission retten, indem sie die Artemistempel-Expedition verhindern würde. Und damit den Sturm auf den Außenposten. Sie wäre die Heldin! Alle würden sie feiern! Sie wäre nicht länger die Ausgestoßene! Nicht die einzige Überlebende.

Die Axt löste sich aus Hypsipyles Griff und schwebte davon. Diese verfickte, unsichtbare Hand!

»Hey, ihr Hähne im Streit! Eine Möglichkeit mit einem derartigen Ausmaß an Gewaltigkeit wird nur ein einziges Mal am Horizont aufsteigen. Wir sind bemächtigt dem Abenteuer des Jahrmillionst habhaft zu werden! Wenn wir Seite an Seite wandern, statt die Waffen gegen uns zu erheben, wird das ein Spiel der Kinder!«, hörte sie das Geistwesen, das sich Felina Fleabuttocks nannte, gebieten.

Was für ein bescheuerter Name!

»Tabiti, mein Schatz, wir beide lassen uns nicht von jeder dahergelaufenen Unsichtbaren rumkommandieren! Wir nicht! Wir werden diesem schwatzhaften Geist zeigen, wer die Herrinnen dieser Welt sind!«, flüsterte sie in ihrer Sprache dem gefiederten Raubsaurier ins winzige Ohrlöchlein.

Mit einer Zärtlichkeit, als würde sie ihr Erstgeborenes liebkosen, schlang Hypsipyle das Halfter, welches sie aus ihrem Bogenhandschuh geflochten hatte, um Tabitis Maul. Zwei Schnalzlaute genügten und ihre Gefährtin beugte sich hinab, um sie bequem aufsitzen zu lassen. Sie tat es, ohne eine einzige Feder zu knicken. Kaum hatte Hypsipyle einen sicheren Sitz gefunden, richtete sich Tabiti auf und ließ einen gellenden Schrei erklingen.

Jetzt brauchte Hypsipyle keine Axt mehr, um Respekt zu fordern. Sie trabte einige Meter voran.

»Hypsipyle nicht getraut Mensch fehlen Körper! Ihr geoffenbart! Wir geredet!«

Über dem Kopf des Atlantis-Bastards flirrte es. Ein menschenförmiger Regenbogen erschien und verschwand wieder und erschien und …

Hypsipyle rieb sich die Augen. Sie trabte mit Tabiti auf den menschlichen Regenbogen zu. Das flackernde Vielfarbengebilde schwebte in die Höhe. Ihr wurde schwindlig. In ihrem Magen rumorte es. Ihre linke Hand fuhr unbewusst zu ihrem Bauch. Strich beruhigend darüber.

Sollte das die Unsichtbare sein? Mit regenbogenfarbener Haut, die flimmerte? Mit dichtem orange-weiß getigertem Fell auf Händen und Füßen? Sogar im Gesicht! Mit Katzenpupillen? Sie hatte drei Katzenaugen! Nein, nur zwei! Das dritte Auge, welches inmitten der Stirn thronte, war ein menschliches.

Ein buschiger Schwanz schlang sich um ihren breiten Oberschenkel. War Felina Fleabuttocks ein Tier?

»Ihr Katze oder Mensch sind?«, blaffte sie.

»Transfelinität ist die tollkühnste Modeerscheinung des 22. Jahrhunderts. Nur Personen mit einem Mangel an Angst und im Rausch des Übermutes gehen dieses Wagnis ein. Die Zahl, die zu ihnen gehört, sind die Finger einer Hand, an Ehre reiche Amazonenkönigin!«

Hypsipyle vermochte nicht einzuschätzen, ob die Getigerte diese hochgestochenen Anreden ironisch meinte. Doch ihr Interesse war geweckt. Sie war eine Katzenfrau! Und besser: Menschen konnten Tiere werden, dort wo sie her kam. Da musste sie hin!

»Du bist also ein genetisches Experiment, Floharschfelina?«, mischte sich das Echidna-Monster in das Gespräch ein.

Die Dämonische zeigte übermäßiges Interesse. Sie war näher gekommen. Ihr nachtschwarzes, menschliches Haar bildete einen prachtvollen Kontrast zu der rotschuppigen Haut, die an vielen Stellen unter dem in Mitleidenschaft gezogenen Gewand hervorschimmerte. Tabiti sprang vor und schnappte nach ihr, verfehlte sie aber. Wie ein Geist glitt sie von Ort zu Ort, ohne sichtbar zu sein. Hypsipyle kam nicht umhin, ihre Reflexe zu bewundern. Sie bewegte sich mit der Anmut eines Tieres.

»Das feline Tuning der *Homo sapiens sapiens*-Gene, die zu mir gehören, weist einen von Eklatanz geprägten Unterschied auf zu der Willkürlichkeit der Kreuzung der *Homo sapiens sapiens*-Gene, die zu dir gehören, mit nicht-klassifizierbarem Genmaterial. Es ist eine Erweiterung mit einem Ziel!«, schnurrte das Fellgesicht.

»Wieso oszilliert deine Haut regenbogenfarben, Floharschfelina?«

Die Bastardin stand jetzt direkt unter dem Katzenmenschen. Hypsipyle brauchte keine technologische Sinneserweiterung, um zu erkennen, wie nervös sie wurde. Wie verzweifelt sie das Thema zu wechseln suchte.

»Das ist nicht meine Haut. Das ist High Fashion Plus, die angesagteste Multifunktionskleidung meiner Zeit. Das absichtsvolle Spleißen der Gene kann Nebenwirkungen ohne Wunsch herbeirufen.«

Die Getigerte formte ihre Hand zur Pfote, führte sie zum Mund, befeuchtete sie und begann sich zu waschen.

Sie hatte das schönste Fell von allen und versteckte es unter diesem Augenbluten verursachenden Wahnsinn von Mode. Warum? Hypsipyle fixierte die Katzenlady, die noch immer damit beschäftigt war, ihr Gesicht zu waschen. Beobachtete sie genau. Sie war nicht ausgewachsen. Ein Jungtier? Ein Katzenkind? Allein in dieser grausamen Welt! Augenblicklich erwachten ihre Beschützerinneninstinkte. Sie beschloss, dieser Tigerfelina zu helfen, ihr Selbstbewusstsein wieder zu finden. Sie würden Seite an Seite wandern. Vielleicht würden sie Freundinnen werden. Gemeinsam an jenen Ort reisen, an dem Hypsipyle auch ein Tiermensch werden könnte. Das klang fantastisch! Ihre Augen leuchteten.

Hypsipyle entging nicht, wie auch das Atlantis-Ungeheuer Zustimmung zu Tigerfelinas Vorschlag des Waffenstillstandes signalisierte. Sie argwöhnte, dass die diebische Elster es auf Schätze wie diesen Mode-Unsinn abgesehen hatte. Wenn sie nicht Schlimmeres im Schilde führte. Gleich was, Hypsipyle würde es zu verhindern wissen. Sie würde das unerfahrene Katzenmädchen beschützen.

Felina Fleabuttocks frohlockte. Endlich Gefährtinnen. Mit denen sie Abenteuer erleben konnte. In einer Welt ohne Regeln. Ohne Kontrolle. Oh, wie sie das feierte!

›Wir wissen genau, dass die beiden nicht mit uns im Mesozoikum verweilen wollen, sondern hoffen durch uns in ihre eigenen Zeitalter zurückkehren zu können. Wir sollten sie darüber aufklären.‹, mischte sich Agya in ihre aufwallende Euphorie ein.

›Pssst! Kein Wort davon, Agya! Wir müssen es ihnen ja nicht erzählen, wenn sie nicht danach fragen.‹

›Lügen ist keine Option. Es widerspricht unserer Programmierung und verstößt gegen die achte Regel des Internationalen Künstliche Intelligenz-Kodex, der …‹

›Agya, wir lügen nicht. Wir schweigen. Das ist ein Unterschied. Oder muss ich mich erst wieder mit dem Code beschäftigen?‹

Die Drohung wirkte. Agya verstummte für einige Momente.

›Wir sind verpflichtet, darauf hinzuweisen, dass die Fähigkeiten der beiden nicht-autorisierten, chronologischen Anomalien uns dabei behilflich sein können, die Reisegruppe wieder zu finden und …‹

›Agya, shut up!‹, fauchte Felina Fleabuttocks.

Damit war der geistige Dialog für sie beendet. Sie würde verrückte Abenteuer mit den beiden erleben. Sie konnte jede Regel brechen! Ohne bestraft zu werden! Ihr Schnurren donnerte bis in den Farnwald.

5. Artimpasa

Verbissen jagte er seiner Beute hinterher. Wieder und wieder bemühte er sich, sie zu schnappen. Ohne Erfolg. Sein Maul war zu klein. Seine Nase zu groß. Sie baumelte sinnlos zwischen den beiden gebogenen Zähnen. Auch sein Schwanz ließ die notwendige Schlagkraft vermissen. Er konnte sie nicht mit einem gezielten Schlag außer Gefecht setzen. Der Krokodilelefant schüttelte sich. Versuchte, das Unbehagen im falschen Körper zu stecken, wie einen unerwünschten Reiter abzuwerfen. Vergebens! Er trötete unbewusst, als ihm verstörende Gedanken durch den Kopf schossen. Würde er je wieder richtig jagen? Würde er in diesem Körper überleben können?

Sein Opfer hoppelte vor seinen stämmigen Beinen wie ein Kaninchen dahin. Er konnte sein Rascheln im hohen Farn wahrnehmen. Es schrie unentwegt. Grübelnd folgte er seinen Schreien durch den dichten Farnwald. Der Wald war für ihn unbekanntes Territorium. Er fand sich hier nicht zurecht. Er gehörte in den Fluss. Lauernd auf durstige Tiere warten. Das war sein Ding. Nicht durch den Wald rennen.

In diesem Dschungel wucherte der Farn noch mehr als am Strand. Er wuchs in den Himmel. Selbst sein neuer, riesiger Körper wirkte winzig zwischen all den Farnbäumen. Der Schmerz seiner flatternden Ohren, die von den scharfen Kanten der herabhängenden Farnwedel zerkratzt worden waren, trieb ihn an. Auch das Hungergefühl pushte ihn. Seit Stunden hatte er nicht gegessen. Stets entwischte seine Beute ins Dickicht.

Der in Todesangst kreischende Happen lief auf zwei Beinen. Seine Stummelärmchen zappelten unkontrolliert. Von Zeit zu Zeit blitzte sein blauer Flaum im Farngebüsch auf. Aus seiner Schnauze ragten spitze Beißerchen. Doch er wehrte sich nicht. Offenbar ein Jungtier. Ein Baby vielleicht. Wenn er selbst nur mehr Zähne hätte, um es zu packen!

Der Krokodilelefant fragte sich, wie er es verschlingen sollte. Mit diesem winzigen Maul. Der Gedanke, es zu fressen, ließ Übelkeit in ihm aufwallen. Er konnte seinen Sinnen nicht mehr trauen. Sie erkannten die verschiedenen Farngewächse am Duft. Manche rochen verlockend. Der Geruch seiner Beute nicht. Sie löste keinerlei Verlangen aus.

Er galoppierte voran und stieß zu. Doch sein verstümmeltes Maul biss daneben. Dabei wollte er es nicht fressen. Nichts stimmte mehr. Von Panik erfasst, ließ das Junge einen gellenden Schrei erklingen. Er schmerzte in seinen unmäßigen Ohren. Das war alles falsch. Die Jagd sollte befriedigen. Freude bringen. Nicht Ohrenschmerzen.

Der verzweifelte Hilferuf blieb nicht ungehört. Ein Grollen wie ein Gewitterdonner ließ die Farnbäume vibrieren. Die Beute stieß einen weiteren flehenden Schrei aus. Sie wechselte abrupt die Richtung. Es kostete ihn Mühe, ihr durch das Dickicht hinterherzulaufen.

Der Krokodilelefant schüttelte verwirrt seinen riesigen Kopf. So hatte er noch nie gejagt. Er folgte blind seinem Trieb. Abgelenkt vom köstlichen Duft der Farnwedel. Die Beute roch nicht gut. Sie stank. Und sie schlug ständig Haken. Mehrmals stieß er mit seinem breiten Schädel gegen die dornigen Stämme der Farnpalmen, während er ihr dumpf hinterherjagte.

Der Schrei seines Opfers veränderte sich. Klang erleichtert. Das Grün, in dem es verschwand, setzte sich in Bewegung. Kam auf ihn zu. Er erschrak. Es dauerte einige Sekunden, bis der Krokodilelefant verstand: Aus dem Farndickicht schälte sich ein Untier hervor. In froschgrünen Flaum gehüllt. Perfekt getarnt. Die Beute versteckte sich hinter der massigen Riesenbestie. Auch sie lief auf zwei Beinen. Blickte finster. Stürmte ihm entgegen. Mami war stinksauer.

Ihr Grollen ließ die langfingrigen Farnfächer, die von den Bäumen herabhingen, erzittern. Derart durchgerüttelt verströmten sie einen deliziösen Duft, dem er nur schwer widerstehen konnte. Ob er sie versuchen sollte? Sie mit seiner endlosen Nase greifen? Rupfen und in seinen Mund stecken?

Das Muttertier stapfte auf gewaltigen Beinen näher. Es legte seinen monströsen Kopf zur Seite. Grollte erneut. Und preschte vor.

Die Farngewächse knickten weg, als würde eine Sturmflut sie niederwalzen. Das Untier überragte ihn. Wenn sein Schwanz nur nicht so nutzlos geworden wäre. Er wedelte kraftlos umher. Der seine Brut beschützende Saurier stampfte dicht an ihn heran. Der Krokodilelefant spürte den Boden unter sich beben. Das Maul der Bestie war weit aufgerissen. Zähne so scharf wie die, die er haben sollte, blitzten, im durch das Blätterdach einfallenden Sonnenlicht, auf.

»Wir sein auf fremder Zeit?«

Das Menschlingsweibchen schmatzte laut. Halb zerkaute Stücke des Knochenfisches fielen ihm aus dem Mund. Sie wurden von dem Sichelkrallenmonster, welches seinen gefiederten Leib wie einen Poncho um es geschmiegt hatte, begierig aufgeschnappt.

»War ja klar, dass Hitzköpfchen es als Letztes begreift!«, zischte I'a-R'et genervt.

Floharschfelina versuchte bereits seit einer halben Stunde, dem Homunkulus zu erklären, dass sie sich in einem frühen Erdzeitalter befanden. Ein Zeitalter ohne Menschlinge. Statt im olmekischen Reich war sie im Mesozoikum gelandet. Deshalb die Drachen. Es waren Dinosaurier. Nein, Flugsaurier, erinnerte sie sich plötzlich wieder an ihre Ausbildung über die terrestrischen Äonen. Wenn sie nur nicht so vergesslich wäre. Sie seufzte und warf dem Wutmenschling, der ihre Lage immer noch nicht richtig verstanden hatte, einen abfälligen Blick zu. Wenn alle Amazonen so begriffsstutzig waren, wie hatten sie nur einen einzigen Raubzug erfolgreich durchführen können?

In einer bemerkenswerten Synchronizität reagierten der Raubsaurier und seine Herrin auf ihre Intervention. Während die Amazone nach ihrer Axt griff, erschien das Maul des Sichelkrallenmonsters bedrohlich nah vor ihrem Gesicht und schnappte nach ihr. Blitzschnell steppte sie zur Seite. Ihre mehrdimensionale Wahrnehmung erwies sich in dieser Welt als Segen. Die Lebewesen auf diesem Planeten hatten Schwierigkeiten, ihr zu folgen.

»Ich darf die Erinnerung, die zu euch gehört, mit Frische darüber bereichern, dass wir eine Einigung zu einem Paktverhältnis im Streit gewahr wurden. Keine von uns wird die Krümmung eines Haares durch eine andere erleben. Außer dies geschieht im Konsens aller an der Aktion Beteiligten und dient der Maximierung des Gewinns von Freude!«, flötete die Zeitreisende, die nun nicht mehr schwebte und dauerhaft sichtbar war.

Während der Pakt-Diskussion hatte I'a-R'et verwundert feststellen müssen, dass Hitzköpfchen ihr ähnlicher war, als es ihr recht sein konnte. Auch der Schlägerbraut war der Zusammenhang von Schmerz und Lustgewinn vertraut. Als sie sah, wie die offenbar dominante Amazonenkönigin ihre Axt niederlegte und auch der lebende Poncho sich wieder beruhigte, ringelte sie sich einen Meter Abstand haltend am Lagerfeuer zusammen. Die beiden waren abgelenkt und merkten nicht, wie sehr ihre Schuppen vibrierten. Was erregte sie nur so?

Das Menschlein klaubte ein weiteres Stück aus dem am Spieß bratenden Fisch, teilte es und warf die Hälfte ihrem Haustier zu. Es wirkte tölpelhaft. Doch das täuschte. In wenigen Minuten hatte es aus einem Ast einen Speer mit Doppelspitze geschnitzt. Mit diesem hatte es den hechtartigen Fisch, der wie ein Blitz durchs Wasser schoss, so geschickt aufgespießt, als hätte es nie etwas anderes in seinem Leben getan. Auch das Feuer war in Minutenschnelle aufgebaut und mit einer ebenso simplen wie effizienten Technik angezündet. Floharschfelina wollte ihm helfen, stellte sich aber so ungeschickt an, dass sie alles verzögerte. Bis Hitzköpfchen der Geduldsfaden riss und es sie mit seiner verführerischen Singstimme im Tonfall einer besorgten Mutter anwies, still zu sitzen, sich nicht zu bewegen und absolut nichts mehr anzufassen. I'a-R'et musste so entsetzt wie eifersüchtig feststellen, dass das Wutmenschlein in jenem Moment vollkommene Kontrolle über den Katzenmenschling hatte. Es schien weiter entwickelt, als alle Menschlinge, die ihr zuvor begegnet waren. Es war auch bewundernswert, mit welcher Konsequenz es ihm gelang, jedwede Präposition falsch zu gebrauchen. Nicht ein einziger Zufallstreffer. Stellte es sich nur dumm? War es eine bessere Täuscherin als I'a-R'et selbst? War sie deshalb in seiner Nähe so erregt?

Sie züngelte unruhig. Noch nie war sie von einem Menschling so fasziniert gewesen. Sie ertappte sich kurz bei dem Gedanken, wie es wäre von dem Homunkulus im Sturm genommen zu werden, konnte ihn aber rechtzeitig zur Seite schieben.

»Es ist unerlässlich, die Bemerkung anzubringen, dass das Töten des *Atractosteus strausi* Zeitparadoxa zur Auslösung bringen kann. Die Verpflichtung der Erteilung des Rates zu einer vegetarischen Ernährungsweise ist daher unabkömmlich«, blubberte die Kinderstimme hinterher.

Floharschfelina nannte sie Agya. Sie war eine technologische Errungenschaft, die mit ihrem Körper in Form eines dritten Auges auf ihrer Stirn verschmolz. Offenbar waren Menschlinge auch Tausende Jahre später immer noch auf technologische Hilfe angewiesen, um Fortschritt zu erzielen. Erschreckend! Auch ihre Zeitreisen funktionierten mittels Technik. Das stellte sie vor eine gewaltige Herausforderung. Sie kannte sich mit Technik überhaupt nicht aus. Da erst bemerkte sie den tieferen Sinn in den Worten der ewig meckernden Technostimme.

Ein Zeitparadoxon! Wie wenig Menschlinge doch wussten! Wie unterentwickelt sie waren. All diese Erfindungen, auf die sie so stolz waren. Und doch verstanden sie nichts! O'n-R'et hatte ihr einmal erzählt, wie Menschlinge zwei Jahrhunderte lang glaubten, mit ihrer Technik beweisen zu können, dass das Universum aus einem lauten Knall entstanden sei. Was für ein Unsinn! Dummerweise gab es nur einen Weg zurück. Der führte über die Zeitreisende und ihre Technik. Mit ihren Schlangenfingern griff sie in den am Spieß bratenden Urzeithecht, pulte ein Stück heraus und warf es geschickt in ihren geöffneten Mund. Doch statt den Fischhappen hinunterzuschlingen, ließ sie ihn wie ein Lutschbonbon von einer Backe zur anderen wandern.

Die zentrale Frage blieb, ob sie die Amazone mitnehmen oder hier lassen sollte. Sie war die geborene Chaosstifterin. Gut für eine gelungene Ablenkung. Gleichzeitig war ihre Unberechenbarkeit nicht ohne Risiko. Ihre Schuppen bebten heftig bei der Vorstellung, mit dem Wutmenschlein durch die Zeit zu reisen. Sie schüttelte sich. Ihre Gedanken streiften ab. Unruhig blickte sie sich um. Der Fellmenschling versuchte leidenschaftlich, dem Hitzköpfchen die Abfolge der Erdzeitalter erklären. Wie eine Tochter, die ihrer Mutter begeistert berichtet, was sie im Unterricht gelernt hat. Ihre Erregung blieb unbemerkt. Es dauerte eine Weile, bis I'a-R'et sich beruhigte. Das Stückchen Hecht kreiste noch immer in ihrem Maul.

Die Herausforderung lag nicht allein darin, Floharschfelina zur Rückkehr zu bewegen. Die Transfeline musste auch glauben, es sei ihre Idee mit I'a-R'et in die Zukunft zurückzureisen. Anders würde es nicht funktionieren. Die Zeitreisende war ungewöhnlich scharfsinnig. Ein ohrenbetäubendes Grollen ließ die Schachtelhalmwiese erzittern und unterbrach ihren Gedankengang. Vor Schreck würgte sie den Bissen herunter.

»Oh weh, oh weh, oh weh, das war der Typus von Schrei einer Einleitung eines Angriffs von einem die Geschlechtsreife erreicht habenden *Tyrannosaurus Rex* …«, jammerte die Kinderstimme.

Seinem Instinkt folgend griff der Krokodilelefant den brüllenden Raubsaurier an. Er war kein Fluchttier. Er war der Herrscher des Flusses. Wie viele Kämpfe hatte er dort gewonnen. Ein Hieb seines mächtigen Schwanzes genügte und seine Opfer stürzten bewusstlos in die Fluten. Und erst seine Schnauze. Sein langes Maul mit den spitzen Zahnreihen. Sie zerrissen jede Beute in Sekunden. Oh, wie hatte er zubeißen können! All dies schoss ihm durch den Kopf, während er blindlings auf seine Gegnerin zu rannte.

Das Muttertier schrie schmerzerfüllt auf. Seine winzigen Augen weiteten sich. Es war überrascht worden. Überrannt worden. Die beiden Zähne, die viel zu langen Zähne, die so unpraktisch aus seinem Maul herausragten, hatten die Mutter aufgespießt. Blut strömte aus ihrer Brust und ihre von grünem Flaum gesäumten Stummelärmchen zappelten vor seiner langen Nase ohne Halt zu finden. Auch ihre Schnauze mit den scharfen Zähnen schnappte über seinem Kopf in die Leere. Er hörte das Klacken der zubeißenden

Kiefer. Und das Schreien. Ihr Verzweiflungsschrei war von einem lauten Quietschen durchzogen. Er marterte seine feinnervigen Ohren. Sie waren zu empfindlich. Unbeirrt trampelte der Krokodilelefant weiter. Den aufgespießten Raubsaurier vor sich her schiebend. Als das Jungtier begriff, dass Mami in Not war und ihm nicht mehr helfen konnte, hoppelte es ihnen hinterher. Stimmte in das Wehklagen der Mutter ein.

Wie das in den Ohren bohrte! Er musste das Geschrei abstellen! Und rannte zum Fluss.

»Oh, wie süß! Oh, wie süß! Oh, wie süß!«, schrie die Amazone in ihrem skythischen Dialekt.

Dabei ließ sie die Zügel los und klatschte in die Hände. Felina Fleabuttocks schwebte in die Höhe. Minutiös scannte sie, wie das im Körper eines 7 Meter und 43 Zentimeter langen und 3 Meter und 65 Zentimeter hohen *Loxodonta africana* gefangene *Sarcosuchus imperator* einen mit seinen Stoßzähnen aufgespießten 13 Meter und 34 Zentimeter langen *Tyrannosaurus Rex* durch die hüfthohe *Equisetopsida*-Wiese in Richtung Fluss schob. Ihre Analyse zeigte, dass die 3 Meter und 43 Zentimeter messenden Stoßzähne des Krokodilelefanten zu zwei Dritteln in der Brust des Theropoden steckten. Dass die beiden tiefroten Bäche, die aus seinem Oberkörper sprudelten, drei Liter und 440 Milliliter Blut pro Minute auf den Boden strömen ließen. Sie wurde Zeugin des Todeskampfes eines der gefährlichsten Raubsaurier des Mesozoikums, welcher in vollkommener Agonie seine Schmerzensschreie im Stakkato erklingen ließ. Was sollte daran süß sein?

Aus den Augenwinkeln erkannte sie, wie das Atlantiswesen seine Arme hob. Tänzelnd schritt es auf die kämpfenden Giganten zu. Wollte es den armen Krokodilelefanten mit einem weiteren Naturgesetzparadoxon quälen? Es kam nicht weit. Die ehemalige Steppennomadin sprang geschickt von ihrem gezähmten *Deinonychus antirrhopus*. Sie landete genau neben der im Lauf befindlichen Alien-Mischling. Gemein wie ein Schulmädchen stellte sie ihr ein Bein. Die Atlanterin verlor die Balance und fiel – alle viere von sich gestreckt – auf ihre wunderschöne Plattnase, die augenblicklich zu bluten begann.

»Tun nichts! Geschehen gelassen!«, unterstrich die Amazonenkönigin ihre schlagartige Intervention.

Da erst entdeckte Felina Fleabuttocks das zwei Meter und 87 Zentimeter lange *Tyrannosaurus Rex*-Baby, welches seiner entführten Mutter schreiend folgte. So süß!

Mitleidig betrachtete Hypsipyle die auf zwei Beinen wankende Riesenechse, deren smaragdgrünes Federflaumkleid dem eines frisch geschlüpften Kükens glich. Ihr war nicht mehr zu helfen. Das jahrzehntelang gehärtete Elfenbein des verzauberten Elefanten hatte sich tief in ihren Körper gebohrt. Sicher hatte es lebenswichtige Organe verletzt. Hypsipyle kannte sich mit Schreien aus. Auch bei Tieren. Der Schrei der Mutterechse war ein Todesschrei. Kein Kampfschrei. Es gab keinen Zweifel: Das süße Baby war eine Waise, die gerettet werden musste. Sie musste es vor dem atlantischen Abschaum beschützen.

Das Vogelechsenkind rannte wild kreischend im Kreis. Hilflos sah es zu, wie seine Mutter in den Fluten des Flusses verschwand.

In Hypsipyles Augen verbreitete sich das Weiß und ein Wiegenlied für verlassene Tierkinder ertönte aus ihrem Mund. Es handelte von einem Rehkitz, dessen Mutter bei der Jagd ermordet wurde. Ein Thema so alt wie die Zeit. Oft war es von ihren Lippen erklungen. Auch diesmal zeigte es Wirkung. Wie ein übergroßes Graugansküken watschelte das Echsenbaby auf sie zu. Seine eisvogelblauen Stummelfederchen flatterten im Wind. Es überragte sie. Mit beiden Händen umfasste sie seine unförmige Schnauze und küsste sie.

»Ich nenne dich Targitaos, mein Heldenkind!«, sang sie noch immer in Trance.

Tabiti kam näher. Begrüßte Targitaos mit einem geckohaften Lachen. Das gefiederte Monsterechsenbaby gab einen juchzenden Schrei von sich. Es mochte seine neue Familie.

Was für ein seltsames Land, wo Vögel und Reptilien eins sind, staunte Hypsipyle, als sie die Trance wieder verließ. Unter dem federfreien Maul des Echsenkindes stehend und sein Kinn von unten kraulend, blickte sie zum Fluss hinüber. Sie sah, wie der Rüssel des Elefanten aus einem Wirbel von Luftblasen ragte. Er ertränkte sein Opfer, wie es Krokodile taten. Er war wohl mehr Krokodil als Elefant. Behutsam schob Hypsipyle den Kopf von Targitaos aus dem Blickfeld des nassen Grabes seiner Mutter.

Überrascht beobachtete Felina Fleabuttocks wie die Amazonenkönigin die Augen verdrehte und mit ihrer Glockenstimme einen sedierenden Gesang anstimmte. Ihr gesträubtes Fell beruhigte sich wieder. Sie vergaß den ewigen Disput der beiden ungleichen Wesen aus der Antike, der ihr Harmoniebedürfnis empfindlich störte. Sie dachte nicht einmal mehr daran, Agya anzuweisen, Samples von der Prachtakustik zu erstellen. Stattdessen stellte sie sich vor, wie es wäre, sich an die Amazone zu schmiegen, ihr um die Beine zu streifen. Ihr Schnurren dröhnte über den Fluss.

Das T-Rex-Baby schrie nicht mehr. Es lief auch nicht mehr panisch im Kreis umher. Erfreut wie ein verspieltes Schoßhündchen hoppelte es auf die Gesangsmeisterin zu. Sie hatte erneut einen Saurier gezähmt und gab ihm wieder einen Namen aus der skythischen Kultur. Den eines mythischen Helden der Steppenvölker, wie ihr ein Blick in die Datenbank verriet.

Auch der *Deinonychus antirrhopus* wirkte tiefenentspannt. Wie ein Pony in einem Streichelzoo trottete er auf seinen Erzfeind zu. Hieß ihn mit einem echsenhaften Meckern willkommen.

»Edle Amazonenkönigin, du bist der Offenbarung der Identität, die zu mir gehört, gewahr geworden. Nun scheint der Horizont gekommen, dieses Vertrauen einer Erwiderung auszusetzen. Freude würde mir begegnen bei der Teilhabe an der Enthüllung des Rätsels der akustischen Zähmung von Theropoden!«

»Hä?«

»Floharschfelina will wissen, wie du es anstellst, dass dein Gesang das Sichelkrallenmonster und das Monsterbaby zähmte, Hitzköpfchen!«

Das polyglotte Hybridwesen aus Atlantis richtete sich schlangengleich auf. Es hielt sich mit beiden Händen die blutende Nase.

In kunstvoller Gleichzeitigkeit sprangen der *Deinonychus antirrhopus* und das *Tyrannosaurus Rex*-Kleinkind auf die ewig Stichelnde und warfen sie zu Boden. Ihr goldenes Gewand riss an mehreren Stellen. Violettes Blut sprudelte hervor. Die Sichelkralle zitterte dreieinhalb Zentimeter über ihrer stark pochenden Halsschlagader. Aus ihrem Mund grollten unverständliche Worte.

Doch bevor sie ein erneutes Naturgesetzparadoxon erwirken konnte, ertönte ein schrilles Pfeifen. Die beiden Raubsaurier ließen augenblicklich von ihrem Opfer ab. Wie perfekt abgerichtete Jagdhunde trotteten sie zu ihrer Herrin.

Diese nahm ihre beiden Finger aus dem Mund und wandte sich an die außerirdische Mischling.

»Ihr nicht gesagt Hitzköpfchen! Tabiti und Targitaos nicht vertötet ihr!«

»Ja, ja, Hitzköpfchen!«, ächzte die Geschundene, die wieder die Sprache wechselte.

Aufmerksam inspizierte sie jede einzelne neue Wunde. Ein wehklagendes Seufzen drang aus ihrem Schlangenmund. Die Amazonenkriegerin hob die Hand, als die beiden Theropoden zähnefletschend hervorpreschten. Offenbar erkannte sie, wie albern diese unnötige Streiterei war. Oder sie fürchtete, ihren Liebsten würde das gleiche Schicksal widerfahren wie dem transformierten *Sarcosuchus imperator*. Dieses hatte seine Elfenbeinzähne aus dem versunkenen *Tyrannosaurus Rex* befreit. Es graste friedlich durch die Schachtelhalmwiese. Dabei schnappte es nach jedem einzelnen Halm, als wäre er ein Fisch, der blitzschnell entkommen konnte.

Felina Fleabuttocks wurde wieder wahrnehmbar, schwebte aber noch immer in einer Höhe von fünf Metern und 56 Zentimetern über dem Geschehen.

Als die Kriegerin sie erblickte, lächelte sie kurz: »Tigerfelina! Hypsipyle rufen Artimpasa! Sind Herrin von Getier und Pflanzerei. Artimpasa singen Tiere sanft.«

Die Amazone sagte das so beiläufig, so ohne Stolz, als wäre es das Selbstverständlichste der Welt. Felina Fleabuttocks scrollte durch die Datenbank und fand mehrere Einträge über skythischen Schamanismus und die Bedeutung der Tiere für die Kultur der Steppennomaden. Artimpasa wurde dort als androgyne Göttin der Fruchtbarkeit und des Krieges charakterisiert. Sie konnte das Geschlecht der Menschen ändern und ihnen als Herrin der Tiere und Pflanzen eine besondere Macht verleihen, welche nicht näher beschrieben wurde.

6. T'lan-T'is

I'a-R'et rang nach Luft. Etwas drückte ihr die Kehle zu. Der Geruch von ranzigem Schweiß drang ihr in die Nase. Sie öffnete die Augen und sah ein Jagdmesser im Mondlicht funkeln.

»Wenn du nur einen Laut von dir gibst, schneide ich dir deine gespaltene Zunge heraus, verficktes Echidna-Monster!«, krähte das Wutmenschlein in akzentfreiem Hochgriechisch und mit übelstem Mundgeruch.

I'a-R'et verzog das Gesicht. Wagte nicht, zu sprechen. Stellte entsetzt fest, wie sehr es sie erregte, den muskulösen Oberarm des Homunkulus auf ihrem Hals zu spüren.

Als sie nach Luft japste, lockerte sich der Würgegriff.

»Während des Frühstücks wirst du Tigerfelina im Detail berichten, wo du herkommst und was deinesgleichen auf diesem Planeten treiben …«

Die Rehaugen des Menschlings funkelten. Ihre Schönheit war unübertroffen. Sie besaßen eine unergründliche Tiefe, aus der endlose Sanftheit strömte.

»… wenn du dich weigerst, grille ich dich am Spieß und verfüttere dich an Tabiti und Targitaos!«

Die winzigen Finger der Axtkriegerin streiften mit unfassbarer Zärtlichkeit eine Haarsträhne aus ihrem Gesicht. Ihre Erregung wuchs ins Grenzenlose.

Im Magen des Krokodilelefanten rumpelte es. Nie hatte er sich so schwerfällig gefühlt. Nie hatte er so viel gegessen. Seine Nahrung rannte nicht mehr weg. Er hob seine lange Nase, richtete sie auf und umschloss damit ein Büschel der grünen Beute oben. Gemächlich kaute er auf ihr herum. Walkte sie in seinem Maul durch. Sie schmeckte noch besser als die Beute unten. Er hatte gegessen und gegessen. Einen ganzen Tag lang.

Dabei folgte er den seltsamen Wesen. Es waren drei. Manchmal auch nur zwei. Eine verschwand immer. Aus irgendeinem Grund mochte er die Kleinste der drei Gestalten. Er lief ihnen hinterher. Ihm war schleierhaft, warum er das tat. Immerhin ängstigte ihn die Größte von ihnen. So hielt er Abstand. Das war auch aus einem anderen Grund notwendig. Die drei machten jede Menge Lärm. Sie waren nie still. Ihr Geschrei schmerzte in den Ohren.

Er folgte ihnen unsichtbar, wie er glaubte. Versteckte sich im Dickicht, welches Mittagessen war. Die Kleinste jagte Fische, so wie er früher. Das machte ihn wehmütig. Verträumt schaute er ihr aus den Blattbüscheln zu, während er fraß und fraß. Die Nahrung war überall. Alles war so einfach jetzt. Sein Essen wuchs ihm ins Maul. Ihm blieb viel Zeit zum Grübeln. Er verspürte Einsamkeit. Den Wunsch, Teil einer Herde zu sein.

So trottete der Krokodilelefant den Dreien nach. Sie wanderten flussaufwärts. Schon den ganzen Tag. In den Pausen spielte die Kleine mit zwei anderen Wesen, die einmal Beute waren. In einem vorherigen Leben. Sehnsucht stieg in ihm auf. Seine Nase baumelte unruhig. Er hätte gern mitgespielt. Sich mit Fischen füttern lassen. Obwohl die nicht gut rochen. Wenn nur die geschuppte Große nicht wäre. Seine Augen schauten instinktiv in eine andere Richtung, als sie in sein Blickfeld geriet.

Die ersten Sonnenstrahlen kitzelten ihre Nase. I'a-R'et war augenblicklich wach. Hörte das laute Schnarchen der Amazone, die gerade den Farnwald zersägte. Das Sichelkrallenmonster und das Monsterbaby schmiegten sich an sie. Und nicht nur die. Auch Floharschfelina lag an sie gekuschelt. Schnurrte vor sich hin. Wie stellte der Homunkulus das an? Sie blickte zu Boden. Traurigkeit mischte sich in ihre Eifersucht. Sie wäre auch gern dabei. Wäre auch gern Mitglied einer Gemeinschaft …

Da fiel ihr die nächtliche Begegnung ein. Das Wutmenschlein hatte sie mit einem Messer bedroht. Blut schoss ihr ins Gesicht. Färbte es dunkel. Vehement schob sie den Gedanken an ihre Erregung beiseite. Hitzköpfchen hatte in fehlerfreiem Griechisch mit ihr gesprochen. War das nur ein Traum? Oder täuschte es alle? War es intelligenter und gefährlicher als gedacht? Die Axtkriegerin war definitiv entwickelter als der Katzenmenschling, welcher für die simpelsten Vorgänge hochkomplexe Technik benötigte. Ihre Glockenstimme faszinierte sie von Beginn an. So bemerkenswert fortschrittlich. Auch wenn sie ihnen eine törichte Geschichte zu ihrem Ursprung auftischte. Glaubte sie wirklich, dass ihr eine Göttin diese Macht verlieh? Kannte sie den wahren Grund der Wirkmacht ihrer Klangfolgen nicht?

Die Amazone lag arglos da. Als wäre sie ein harmloses Hündchen. Dabei hatte sich ihre Drohung real angefühlt. Ihre Schuppen bebten angesichts der Erinnerung.

Fünf Worte der Eingeweihten würden reichen und das mächtige Menschlingsweibchen wäre nicht mehr. Ihre Angst würde verschwinden. Und die Begierde. Aber das würde ihr Floharschfelina nicht verzeihen. Sie brauchte den pelzigen Technikfreak. I'a-R'et zögerte. Sie konnte dem Homunkulus nichts tun. Der Gedanke an die nächtliche Erregung tauchte wieder aus den Tiefen auf. Es fiel ihr schwer, ihn beiseitezuschieben.

Sie blickte auf die Reste des geschwärzten Fisches, der über der Glut des Lagerfeuers kokelte. Nicht schon wieder Fisch! Nicht schon zum Frühstück! Es musste hier doch Früchte oder Gemüse geben. Wiegend wie eine Tempeltänzerin erhob sie sich, zupfte ihr in Fetzen hängendes Gewand zurecht und schlängelte in den Wald.

Mit einem grunzenden Gähnen erwachte Hypsipyle. Ihr Mund stand scheunentorweit offen. Sie reckte sich mit weit ausgestreckten Armen. Dabei stieß sie Tabiti an, die im Schlaf zusammenzuckte und ihr Maul wild umher schnappen ließ. Targitaos schüttelte sich wie ein nasser Hund. Sein Flaum geriet in Hypsipyles Nase. Ihr Niesen war schreckenerregend. Tabiti und Targitaos sprangen verängstigt auf. Doch Tigerfelina, die zusammengerollt zu ihren Füßen lag, gab nur ein verärgertes Knurren von sich und schlief weiter.

›Die Bastardin fehlt!‹, war das Erste, was Hypsipyle erkannte, als sie sich aufrichtete.

War sie für immer verschwunden? Hm! Das gefiel ihr gar nicht.

Der verzauberte Krokodilelefant hatte sich ihrer kleinen Gruppe genähert. Schachtelhalmfressend stand er in sicherer Entfernung und beobachtete sie aus dem Dickicht heraus. Er wirkte aufgebläht. Offenbar fraß er zu viel. Versuchte, mit Fresssucht seine verletzte Seele zu heilen. Das war zum Scheitern verurteilt. Sie überlegte, wie sie ihm helfen konnte. Ihr fiel nichts ein. Mit so einem Fall war sie noch nie konfrontiert worden.

Nachdenklich trottete sie die wenigen Schritte zum Fluss. Eine Schar Riesenmöwen mit gelb gefiederten Köpfen und Zähnen in den Schnäbeln zog laut kreischend am gegenüberliegenden Ufer vorbei. Es waren die gleichen, wie jene, die ihr am Vorabend jeden zweiten Fisch von der Harpune stahlen.

»Mistviecher!«, schnaubte sie.

Sie legte die schweren Platten ihrer Rüstung einzeln ab. Eine Vielzahl ausgezeichnet verheilter Wunden, die ihren Oberkörper mit einem Rautenmuster schmückten, wurde sichtbar. Auf ihnen prangte eine kunstvoll gestochene Tätowierung: Das über ihre Schulter kletternde Schneeleopardenweibchen schien ihr mit weit aufgerissenem Maul in den Hals beißen zu wollen. Nur mit einem Lendenschurz und einer Kette aus fünf aufgereihten Kragenbärkrallen bekleidet, sprang sie ins Wasser. Als sie wieder auftauchte, hing ihr Haargewirr wie ein feuerrotes Fischernetz in ihrem Gesicht. Mit einem wilden Kopfschütteln befreite sie sich davon. Dabei rieb sie sich mit ihren geschwollenen Fingern die Augen. Targitaos folgte ihr und musste entsetzt feststellen, wie nass es dort war. Sein Flaum wurde klebrig. Er schüttelte sich, schrie laut und kroch unbeholfen wie ein Molch ans Ufer zurück.

Hypsipyle lachte auf. Sie nahm die bronzene Brustplatte und verankerte sie mit der linken Hand fest im Flussboden. Mit der rechten Hand schaufelte sie hellen Sand darüber, um sie vom blauen Dämonenblut, welches spiralige Muster auf ihr hinterlassen hatte, zu reinigen. Nachdem sich das Blut löste, polierte sie sorgsam jedes Teil ihrer Rüstung, bis es wieder im Sonnenlicht glänzte. Das Zeugnis ihres Mordens verschwand.

Gleich einem hungrigen Fischreiher stakste Tabiti mit gerecktem Haupt am Strand auf und ab. Sie hielt Wache. Und die Klaumöwen auf Abstand. Hypsipyle musterte ihre neue

Familie. Erstaunt stellte sie fest, dass sie es nicht mehr bereute, nicht bei der Schlacht aller Schlachten zu sein. Das Töten fehlte ihr kein bisschen. Hier an diesem eigenartigen Ort.

Auch ihre Waffenschwestern vermisste sie nicht. Nicht einmal ihre Mutter, die sie gezwungen hatte, an dem Sturm auf Atlantis teilzunehmen. Sie erinnerte sich an das Entsetzen in ihrem Gesicht, als sie versuchte 'Nein' zu sagen. Sprach von Undank. Erinnerte sie an die Insel. Die verfickte Insel. Es schmerzte immer wieder aufs Neue, zu erfahren, dass Myrina ihre Tochter nicht aus Mutterliebe bei sich haben wollte. Nein, es ging nie um sie. Ihr Ruf als unbezwingbare Heldin war, was zählte. Stets ging es um die Schlacht. Um Vergeltung. Ihr Leben schien ein einziger Rachefeldzug zu sein. Immer im Schatten ihrer herrischen Mutter. Bis heute. Aber jetzt veränderte sie sich. Sie verspürte keinen Rachedurst mehr. Sie musste nicht mehr töten, um zu gefallen. Und diese zauberhaften Tierwesen, die es hier an jeder Ecke gab … Als wäre sie im Paradies!

»Ich habe euch etwas zu offenbaren, Gefährtinnen …«, wagte sich I'a-R'et auf unbekanntes Terrain.

Voller ästhetischer Hingabe hatte sie die gesammelten Früchte neben dem vor sich hin kokelnden Lagerfeuer arrangiert. Nach Aussehen und Form sortiert bildeten sie einen farbenprächtigen Halbkreis. Jetzt blieb ihr nur noch zu hoffen, dass sie genießbar waren. Mit einer einladenden Geste forderte sie die beiden von ihrer Freundlichkeit vollkommen Überraschten auf, sich zu bedienen.

»Ich bin eine S'af vom Planeten R'e-K'on …«

»Was sind Planet?«, quäkte Hitzköpfchen dazwischen.

Es besaß ein bewundernswertes Talent, sich dumm zu stellen.

»R'e-K'on ist mein Heimatplanet …«

»Ihr Heimat nicht sind Atlantis?«

Das Menschlingsweibchen wirkte vollkommen überrascht. Das konnte nicht gespielt sein. War es doch ein Traum gewesen?

»T'lan-T'is bedeutet Außenposten in unserer Sprache. Wir sind Forschende, die einen Ebensolchen auf eurem Planeten errichtet haben, um euer Rätsel zu lösen …«

»Ihr nicht forschen! Ihr rauben! Ihr brandschatzen!«

Das Wutmenschlein gab keine Ruhe. Es würde schwierig werden, die ganze Geschichte zu erzählen. Hoffentlich konnte ihr wenigstens Floharschfelina folgen.

»Wir sammeln Wissen und extrahieren Artefakte, um sie in unseren Bildungseinrichtungen zu präsentieren. Die Menschlingsheit ist einzigartig. Sie ist ein wichtiges Bildungselement und erfreut sich großer Beliebtheit bei den Jüngsten. Wenn unsere Kinder dabei sind, etwas überaus Gefährliches oder Dummes zu tun, sagen wir ihnen: ›Das würde nur ein Menschling machen!‹«

»Besteht die Möglichkeit der Berichterstattung über die Beschaffenheit des in Erwähnung gezogenen Rätsels, welches zur Menschheit gehört?«, unterbrach sie der Katzenmenschling, als sie wieder vertrautes Terrain unter ihren Füßen spürte.

»Die Menschlinge stehen im Mittelpunkt zahlreicher Studien über die Evolution intelligenten Lebens im Universum. Sie bilden eine derart eklatante Ausnahme von der Regel, dass sie die Gelehrten von Dutzenden Spezies seit mehreren Jahrtausenden beschäftigen.«

Die Amazone beugte sich leicht vor, um sich eine der grünrunzligen Früchte zu greifen. Kaum hatte sie hineingebissen, verzog sie das Gesicht und spuckte den Bissen in hohem Bogen aus. Er segelte durch die Luft, wurde vom Maul des Sichelkrallenmonsters aufgefangen und sofort wieder ausgespuckt. Das gefiederte Ungeheuer schüttelte seinen Kopf so heftig, dass das Menschlein es mit zärtlichem Streicheln beruhigen musste. I'a-R'et ertappte sich dabei, wie süß sie es fand, wenn Hitzköpfchen sich so liebevoll um ihr Haustiermonster kümmerte.

»Das S'af-Forschungsteam ist seit Jahrhunderten damit beschäftigt, eine Antwort auf die zentrale Frage eures Scheiterns zu finden. Die Frage, wie es sein kann, dass es einer zur Intelligenz fähigen Spezies wie den Menschlingen, in ihrer Jahrtausende währenden Evolution nicht gelungen ist, einen Zustand friedlicher Koexistenz zu erreichen. Die in ihrer Gesamtheit nie eine Sensibilität für die Begrenztheit natürlicher Ressourcen entwickelt hat. Die Menschlingsheit ist die einzige intelligente Spezies im Universum, die Unfassbares vollbringen wird. Ihr werdet nicht nur 97 Prozent der Lebensgrundlage aller anderen Spezies eures Planeten vernichten. Ihr werdet auch euren eigenen Untergang herbeiführen. Ihr seid ein warnendes Beispiel, welches die intellektuellen, galaktischen Gemeinschaften noch nicht zur Gänze durchdringen.«

»Hä?«

»Ich bin sicher: Du verstehst genau, was ich zu erklären versuche, Hitzköpfchen!«

Die beiden Monster knurrten wie gereizte Wölfe. Mit einer unscheinbaren Handbewegung bedeutete die Amazone ihnen, still zu sein. Dabei warf sie I'a-R'et einen vielsagenden Blick zu. Floharschfelina nahm sich ebenfalls eine der grünen, stangenförmigen Früchte, hielt sie mit beiden Händen vor ihr Gesicht. Sie schnupperte ausgiebig daran, bevor sie sie fauchend hinter sich warf.

»Wir überprüfen eine Arbeitshypothese. Diese postuliert einen Zusammenhang der menschlichen Selbstauslöschung mit den sprunghaften Auf- und Abstiegen der kulturellen Evolutionsstadien und ihren Ungleichzeitigkeiten auf diesem Planeten. Deshalb errichteten wir unseren T'lan-T'is in der Antike. »

»Was ihr gewollt rauben bei Vogel-Echsen-Land?«, krähte das Menschlein.

Die Tatsache, dass die Menschlingsheit sich selbst vernichten würde, schien beide nicht besonders zu beunruhigen. Menschlinge konnten seltsam sein!

»Nun ja, ich, äh …«

I'a-R'ets schuppige Stirn wandelte sich zu einem Faltengebirge. Sollte sie ihnen von ihrem eigentlichen Ziel, der olmekischen Kultur, berichten? Von der verwechselten Formel? Ihre Schwäche offenbaren? Würden sie sie ausnutzen? Sie würde sie ausnutzen!

»Schockiert euch das kein bisschen, dass eure Spezies aussterben wird?«

»Im Blickwinkel des Vorhandenseins von Genmaterial des Homo sapiens sapiens im Genpool, der zu dir gehört, besticht die Verwunderung über die Ungenauigkeit der Anwendung von Personalpronomen.«

»Ihr nicht Blut durch Atlantis-Abschaum!«, gurkte der Homunkulus hinterher und wies dabei mit seinen Fingerchen auf die violetten Blutkrusten, die ihre zahlreichen Wunden säumten.

Offenbar hatte Hitzköpfchen haargenau verstanden, worauf Floharschfelina anspielte.

»Das ist eine lange und traurige Geschichte, meine Gefährtinnen …«

Sie verschränkte die Arme, schien einige Zentimeter zu schrumpfen. Innerlich hoffte sie, die beiden würden es jetzt dabei belassen.

»Hypsipyle Geschichten gemocht!«, schmatzte die Amazone.

Sie hielt eine rot schimmernde Frucht in Händen, die offensichtlich genießbar war.

»Die Teilhabe an der Offenbarung der tierschamanischen Identität der Königin der Amazonen wurde uns gewahr. Das Rätsel der Verhinderung der Wahrnehmbarkeit und der Häutigkeit aus Fell, die zu mir gehört, wurden ans Licht geführt. Nur ein letztes Geheimnis harrt an einem dunklen Ort. Es sollte mit Luft bereichert werden!«, forderte der Katzenmenschling schnurrend.

Sein Geist schien menschlich, aber sein Verhalten …

I'a-R'et fiel noch ein weiteres Stück in sich zusammen. Sie stieß einen durchdringenden Seufzer aus.

»Die mich zeugende Person wurde der Häresie angeklagt. Sie nannte sich freigeistig. Sie stellte die Doktrin der Eigenverantwortlichkeit des Untergangs der Menschlingsheit infrage und verschwand bei einer Expedition. Als sie aufgespürt wurde, lebte sie mit einem schwangeren Menschlingsweibchen zusammen. Nach meiner Geburt wurde ich von den Menschlingen als Monsterbaby verstoßen …«

Sie hielt inne und betrachtete mit geweiteten Pupillen den geschuppten Stummelschwanz, der aus ihren Kleidungsfetzen hervorragte.

»… eure Intoleranz ist noch größer als eure Dummheit!«, flüchtete sich I'a-R'et in ihre Wohlfühlzone.

»Wie gemacht Abschaum und Mensch Kind?«, grunzte der Homunkulus.

›Quod erat demonstrandum‹, dachte sie selbstgefällig, aber erklärte: »Meine Spezies brachte mich zum T'lan-T'is und zog mich auf. Ich lernte alles, was junge S'af wissen müssen. Alles, außer dem Geheimnis meiner Geburt …«

Felina Fleabuttocks konnte nicht feststellen, ob die S'af-Mensch-Hybridin gelogen hatte. Seit einiger Zeit war sie ständig erregt. Ihr Puls war dauerhaft erhöht. Insbesondere in der Nähe der Amazone. Bereits vor einigen Tagen hatte sie begonnen, die Fremdartige permanent zu scannen und Musteranalysen durchzuführen. Sie war im Begriff ein komplexes Physio-Psycho-Gramm von ihr zu erstellen. Die Halbirdische war nicht so selbstsicher, wie sie sich gab. Auch nicht so gefühllos. Im Gegenteil. Sie schien überaus empathisch zu sein. Die Analyse zeigte einen anderen Charakter als ihr Verhalten. Sie log überdurchschnittlich viel. Aber während sie die Geschichte vom Untergang der Menschheit erzählte, gab es keinen signifikanten Ausschlag. Die sensorische Analyse bezifferte die Wahrscheinlichkeit, dass sie die Wahrheit sagte auf 87,53 Prozent. Felina Fleabuttocks Fell sträubte sich. Sie begann sich zu putzen, um die Hiobsbotschaft zu verarbeiten.

Das Ende allen menschlichen Lebens. In früheren Zeiten wäre das nicht unwahrscheinlich gewesen. Einige der Altered Reality History Games, die Felina Fleabuttocks gerne spielte, handelten davon, wie nahe die Menschheit im 20. und 21. Jahrhundert am Abgrund stand. Es war immer gut gegangen. Doch jetzt erzählte die Rotgeschuppte, dass die Menschen das 23. Jahrhundert nicht erleben würde. Ausgerechnet im 22. Jahrhundert sollte die Auslöschung stattfinden. Zu einer Zeit, als alles sicherer denn je schien. Es war eine Ironie des Schicksals, dass sie vom Verschwinden der Menschen ausgerechnet im späten Mesozoikum erfahren sollte. In der Oberkreide. Kurz vor dem großen Massensterben.

›Aber das ist doch der Sinn der Exkursion: Sie soll ein Bewusstsein schaffen, dass auch eine dominante Spezies vom Aussterben bedroht sein kann!‹, mischte sich Agya, den didaktischen Leitfaden des Zeitreisekonsortiums zitierend, in ihren Gedankengang.

›Ach, Agya!‹, seufzte Felina Fleabuttocks, während sie ihre raue Zunge über das Fell gleiten ließ.

Nach drei Jahren, vier Monaten und 15 Tagen, hatte sie den Versuch aufgegeben, den Agya-eigenen Algorithmen Ironie nahezubringen. Die Künstliche Intelligenz stieß in diesem Bereich an ihre Grenzen. Sie verstand das Konzept einfach nicht. Genauso war es bei Sarkasmus. Sie machte sich oft einen Spaß daraus. Und heimlich genoss sie das

Gefühl der Überlegenheit. Doch jetzt wünschte sie sich, Agya würde die Ironie verstehen.

Felina Fleabuttocks schüttelte ihren Fellkörper. Sie weigerte sich, an die Unvermeidlichkeit des Untergangs zu glauben. Wollte nicht wahrhaben, dass das Erwirken des eigenen Untergangs im Charakter der Menschheit angelegt war, wie die Halbirdische es postulierte. Leider konnte keine wissen, was geschehen würde. Die Oberste Maxime untersagte Reisen in die Zukunft. Wieder schüttelte sie sich. Sie beschloss, die S'af-Hypothese über die Menschheit zu widerlegen. Dazu gab es nur einen Weg. Sie musste zurück in die Zukunft reisen. Musste den Vorstand des Zeitreisekonsortiums warnen, damit er Schritte veranlasst, um die Weichen in eine andere Richtung zu stellen. Kein einfaches Unterfangen. Der gesamte Zeitreisekodex musste verändert werden. Die schwierigste Aufgabe von allen. Aber die Situation war zu ernst. Es musste eine Lösung geben!

›Niemand wird uns Glauben schenken! Schau auf die Liste unserer Vergehen. Selbst das Resozialisierungsprogramm der Zeitreise haben wir sabotiert. Sie werden uns bestrafen, wie immer …‹, unkte Agya dazwischen.

Und wenn sie die außerirdische Hybridin mitnehmen würde? Als Beweis?

›So sehr uns der Sinneswandel zurückzukehren erfreut, so müssen wir darauf hinweisen, dass das unautorisierte Überführen einer Person aus einem anderen Zeitalter, einen schwerwiegenden Regelverstoß darstellt …‹

›Komm schon, Agya! Der Zweck heiligt die Mittel! Wir werden die Menschheit retten! Einmal im Leben etwas Großes tun! Du bist doch programmiert, das System aufrecht zu erhalten. Und wie könnte das besser gehen, als die Menschheit vor dem Untergang zu bewahren?‹

›Nein, nein, nein! Regeln müssen unbedingt befolgt werden. Ohne Regeln bricht das gesamte Gefüge zusammen. Die Folge wäre Anarchie …‹

›Shut up, Agya!‹

Felina Fleabuttocks richtete sich auf und fasste einen Entschluss. Sie würde die beiden nicht-autorisierten, chronologischen Anomalien unerlaubterweise ins 22. Jahrhundert überführen. Sie würde die Menschheit retten. Sie wäre keine Außenseiterin mehr. Würde nie wieder bestraft werden.

7. Clovis

»Ihr nicht fähig gemacht Reise auf Zeit?«

Die Amazone schaute überrascht. Für eine Königin war sie seltsam begriffsstutzig. Felina Fleabuttocks wunderte sich, wie es in ihrem Königinnenreich zugehen musste. Was ihre Untertanen von ihrer Königin hielten. Aus den Augenwinkeln sah sie, wie die Mensch-S'af-Hybridin ihre Schlangenpupillen rollen ließ. Aber sie schwieg.

Also setzte sie zum dritten Male an: »Reisen in der Zeit ist ein zu den Unterfangen mit Spezialgenehmigung gehörendes Prozedere, welches die Bewältigung durch eine Führungspersönlichkeit erfordert. Nur diese verfügt über eine Autorisierung, die zu diesem Zwecke erschaffene Technik in Anwendung zu bringen …«

Die Kriegerin überlegte angestrengt. Während sie mit der linken Hand das gefiederte Kinn des *Deinonychus antirrhopus* kraulte, tätschelte sie mit der rechten Hand den Hinterkopfflaum des *Tyrannosaurus Rex*-Babys. Beide Theropoden lagen ihr zu Füßen. Sie thronte über ihnen wie eine urzeitliche Pharaonin.

Felina Fleabuttocks konnte sehen, wie sehr sie sich bemühte, das Erfahrene zu verarbeiten. Ihr Gesicht war in heller Aufregung. Es war nicht nötig, ein Physio-Psycho-Gramm von ihr zu erstellen. In ihrem Gesicht konnte eine lesen wie in einem Buch. Ein eintöniges Buch: Die meisten Kapitel handelten von unkontrollierten Wutausbrüchen aufgrund scheinbarer Nichtigkeiten. Irgendetwas triggerte sie immer. Der Rest hingegen handelte von vollkommener Hingabe und Begeisterung für die bedrohliche Fauna. Ging es um Tiere, war sie das mitfühlendste Wesen, dem Felina Fleabuttocks je begegnete. Sollte ihre Wut nur eine schlecht verhüllende Maske ihrer Einfühlsamkeit sein? Eine Kraft, die sie nicht kontrollieren konnte? Die, sie nicht wollte?

»Hypsipyle Plan! Wir gegeiselt Gruppe gemacht Reise auf Zeit. Wir getötet alle von Gruppe und gefoltert Haupt durch Gruppe. Wir gestohlen Ding gemacht Reise auf Zeit. Wir gereist auf Zeit nach Land in Morgen zusammen!«

Ein sadistisches Lachen schmückte das vom Denken in Mitleidenschaft gezogene Antlitz der Amazonenkönigin. Felina Fleabuttocks Fellhärchen standen aufrecht. Sie ignorierte die im Gesicht der Kriegerin deutlich werdende Blutrünstigkeit. Stattdessen fokussierte sie das Hauptproblem.

»Die Auffindung der in Abfolge befindlichen Zeitreisegruppe gehört zu den prioritär zu lösenden Problemen. Die Vielfältigkeit der Faktoren, deren Einfluss auf den Zeitpunkt und Ort einer Zeitreise Gewicht haben, führt zu Schwierigkeiten der exakten Lokalisation des zu erwartenden Aufenthaltsortes.«

Kaum war die Schreckensnachricht verkündet, schenkte Felina Fleabuttocks den beiden keine weitere Beachtung mehr. Als wäre sie allein in dieser Welt, betrachtete sie gebannt ihre rechte Hand. Sie ballte sie zur Faust und befeuchtete sie mit ihrer Zunge. Nur um Sekunden später, eine ausgiebige Reinigung ihres Fellgesichts zu beginnen.

»Die Wahrscheinlichkeit eines Auffindens der in Abfolge befindlichen Exkursion an dem im Regelwerk als Standard definierten Zeit- und Ortskoordinaten beträgt nach Prüfung sämtlicher Zeitreiseoptimierungsparameter exakt 53,84 Prozent!«, ließ die Kinderstimme Agyas verlauten.

Währenddessen war Felina Fleabuttocks tief versunken in dem Versuch, mit ihrem rechten Arm ihr rechtes Bein abzuspreizen. Dabei ihren Kopf so weit nach vorne zu beugen, dass sie mit ihrer Zunge ihren felligen Hintern erreichen konnte. Auf Drängen der Amazonenkriegerin, die ihr ein Kompliment nach dem anderen über die Schönheit ihres Felles machte, hatte sie sich ihres High Fashion Plus-Ganzkörperanzugs entledigt. Er steckte komprimiert in ihrem metallicblau leuchtenden Hightech-Armband. Anfangs fühlte sie sich nackt, aber schnell lernte sie, die Freiheit ihres Fellkörpers zu genießen.

Am Horizont erhob sich ein Vulkangebirge gleich dem gezackten Rücken eines schlafenden Drachen. I'a-R'et fuhr sich mit der gespaltenen Zunge über die schwarzen Lippen. Ihr Grinsen war so breit wie der Bergsee, an dessen Ufer sie das verkrustete Blut aus ihrem Gewand wusch. Während sie ihr goldenes Kleid in den von runden Steinen gesäumten See tauchte, bildeten sich derart viele violette Wölkchen, als würde ein Tintenfischschwarm in den Fluchtmodus schalten. Das kalte Wasser umspülte ihre Beine. Kühlte ihre überhitzten Schuppen.

Sie waren flussaufwärts in die Berge gewandert. Hielten sich vom dichten Dschungel fern. In den Farnwäldern lauerten die Monster. Während des Marsches suchten ihre Schlangenaugen den Himmel ab. Die Flugsaurier spukten noch in ihrem Geist. Auch hier gab es diese schaurigen Wesen. Eines nur wenige Meter von ihr entfernt. Wie es auf allen vieren am Ufer entlang stakste, wirkte es wie die Bonsai-Variante der Bestien, die sie vor Tagen angegriffen hatten. Doch statt auf dem Kopf trug dieses sein stattliches Horn auf dem Schnabel. Durch die ineinander übergehende Rot-, Orange- und Gelbfärbung schien es, als seien Kopf, Schnabel und Horn eins. Ein bizarres Ungeheuer. Doch zu klein, um I'a-R'et anzufallen. Ohne das mächtige Schnabelhorn reichte es ihr nicht einmal bis zu den Hüften. Offensichtlich war es auf Fische spezialisiert. Sie atmete durch. Genoss die Kühle des Sees. Der lange Marsch durch die Sonne hatte sie aufgeheizt. Hier konnte sie innehalten und abkühlen.

Ihr Plan ging auf. Floharschfelina hatte den Köder geschluckt. Sie wollte ins 22. Jahrhundert zurückreisen. Gemeinsam! Um die Menschlingsheit zu retten. Doch sie hatten sich umsonst auf den beschwerlichen Weg gemacht. Es gab Komplikationen. Die Berechnungen des Technik-Anhängsels waren fehlerhaft. Die für den heutigen Tag vorgesehene Zeitreisegruppe erschien nicht am ermittelten Ort. Sie schmunzelte über die Abhängigkeit der Menschlinge von ihrer unvollkommenen Technik. Ihre Verzweiflung, wenn sie nicht funktionierte. Menschlinge waren derart unterentwickelt. Während der neue Zielort samt Route berechnet wurde, rasteten sie. Das Wichtigste war, dass Zeitreisefelina noch immer überzeugt war, in ihre Zeit zurückkehren zu müssen. Alles lief nach Plan. Menschlinge konnten so naiv sein. So leicht zu manipulieren. Aber sie war auch besonders gut darin! Sie malte sich aus, wie es sein würde, wenn sie am Tag vor der Artemis-Tempel-Artefakt-Extraktion vor den Erkenntnis-Rat treten würde. Welche Kleidung sie tragen würde. Sie schaute auf ihr einst schönstes Kleid, deren verbliebenen Fetzen im Wasser leuchteten. Die brombeerschwarze Samtrobe vielleicht? Sie kontrastierte so schön ihren roten Körper. Oder doch lieber das saphirblaue Gelehrtengewand? Das stand ihr überhaupt nicht!

Bis zu ihren Knien im See stehend beobachtete I'a-R'et, wie das Wutmenschlein melonengroße Steine ins Lagerfeuer schob. Was hatte es damit vor? Sie würde es zum T'lan-T'is bringen und dem Rat präsentieren. Immerhin war es eine Augenzeugin beim Sturm auf den Außenposten. Wenn sie ihm nicht glauben würden, wem dann? Außerdem war die Amazonenschamanin aufgrund ihrer fortgeschrittenen Entwickeltheit eine Kuriosität, die es zu studieren galt. Sie würde sie ausgiebig untersuchen. Wieder schoss ihr das violette Blut ins Gesicht, bis sie die Gedanken daran, was sie mit dem Hitzköpfchen in ihrer Schlafwabe anstellen würde, verdrängte.

Und Floharschfelina? Sollte sie sie auch mitnehmen? Sie lag eingerollt am Ufer und schmollte. Die Amazone hatte sie fortgeschickt, weil sie alles durcheinanderbrachte. Dabei wollte sie nur helfen. Sich nützlich machen. Das arme Ding besaß keinen Funken Selbstvertrauen. Ein perfektes Opfer.

Ihre eigene Genialität wieder und wieder mental auskostend, bemerkte I'a-R'et nicht, in welcher Gefahr sie schwebte. Selbstverliebt starrte sie in die Ferne, als ein blaurot marmoriertes Knochensegel einem intergalaktischen Raumschiff gleich aus den Tiefen des Sees auftauchte.

Sein Körper juckte. Wild schlug der Krokodilelefant mit den Ohren. Er wollte ein Bad nehmen. Aber die Große, die ihn das Fürchten lehrte, stand am Ufer des Sees. Der verstörende Gestank ihres Blutes drang in seine überlange Nase, mit der er verzweifelt versuchte, das Jucken zu vertreiben. Ihr Blut stank intensiver als alles, was er je gerochen hatte. Früher hätte er sie verschlungen. Er erinnerte sich, wie er sich auf sie stürzen wollte. Seine scharfen Zähne brutal in ihre Schuppen bohren wollte. Sie genüsslich zerstückeln wollte. Jetzt weckte sie unvorstellbare Angst in ihm. Sein Jagdtrieb war erloschen. Er mochte nurmehr die grüne Beute. Die, die nicht wegrannte. Die nicht kämpfte. Am liebsten die grüne Beute oben. Er drehte sich um. Betrachtete die verlockend riechenden Wedel, die zu seinen Füßen wucherten und seine herabhängende Nase kitzelten. Ob er nochmals essen sollte? Sein Magen schmerzte seit Stunden. Aber die Nahrung schmeckte köstlich! Ein leises Wimmern drang aus seinem Rüssel.

Als der Krokodilelefant seinen Blick wieder auf den See richtete, sah er das Erkennungszeichen seines Erzfeindes aus dem Wasser auftauchen. Des einzigen Gegners, der ihm ebenbürtig war. Der größer war. Der stärker war. Selbst als er noch einen richtigen Schwanz hatte. Nach dem Segel folgte die Schnauze seines Gegenspielers. Tropfen perlten von ihr herab. Sie war ein wenig größer als seine Eigene – früher. Wieder kam dem Krokodilelefanten die Erinnerung an seine alten Kiefer. An die scharfen Zähne. Die Beißkraft, mit der er jede Beute zermalmte. Sein Gedächtnis funktionierte gut wie nie. Er erinnerte sich auch an die Brutalität seines Todfeindes. Sie hatten mehrere Male miteinander gekämpft. Der Saurier mit dem Rückensegel war der einzige, der ihm den Titel 'Herrscher des Sees' streitig gemacht hatte. Er musste fliehen. In den Fluss. Sich ein neues Revier suchen. Jetzt war sein Erzfeind der alleinige Herrscher über den See. Natürlich roch er die Beute.

Der Raubsaurier erhob sich zu seiner vollen Größe und ließ dabei mächtige Wellen durch den See gleiten. Er überragte alle. Auf zwei Beinen kam er näher. Wasserfällchen tropften von seinen nach vorne gereckten, dreizehigen Krallenärmchen. Sein Opfer wandte ihm den Rücken zu. Er würde die Geschuppte fressen. Sein Widersacher würde sein Freund werden. Vielleicht könnte er Teil der Herde werden. Wenn sie nicht mehr war.

Als der Saurier nach vorne stieß, um die Große zu greifen, sprang sie zur Seite. Sie schrie schlimme Worte. Er erinnerte sich an ihren Klang. Unbewusst trötete er laut. Er zitterte vor Angst.

Sein Rivale erstarrte, als wäre er in einem Gletscher gefangen. Es bereitete ihm Qualen, zuzuschauen. Sein Anblick rief etwas Furchterregendes wach. Die Härchen auf seinem Rücken stellten sich. Entsetzt wandte er den Blick ab. Hörte nur noch das Knirschen in seinen gewaltigen Ohren. Als er es wagte, wieder in die Richtung zu schauen, war sein Erzfeind geschrumpft. Und ein anderer. Einer, der nicht schwimmen konnte. Der nach Luft japste. Da hörte er die Stimme der Kleinen, die er so mochte. Sie rannte zum Ufer und quiekte schlimmer als der gefleckte Winzling, der einmal sein Todfeind war. Sein ehemaliger Widersacher ertrank. Panik erfasste den Krokodilelefanten. Seine Ohrwedel flatterten. Seine Nase trompetete. Er rannte in den Wald. Weit weg von dem Grauen.

»Ihr Verbrecher sind?«, erkundigte sich Hypsipyle.

Gleichzeitig rammte sie ihre Doppelaxt wie eine Schaufel in den Erdboden. Nicht ein Schweißtropfen zeigte sich auf ihrer Stirn, während sie ein lang gestrecktes Loch in der Erde aushob.

»Die Möglichkeit der Einnahme dieser Perspektive ist optional. Der Erhalt von Freude in diesem Kontext erweist sich jedoch einer Begrenztheit.«

Übeltäter wurden an dem Ort, von dem Tigerfelina stammte, nicht in den Kerker geworfen. Ihnen wurden auch nicht die Hände, Beine, Ohren, Nasen, Zungen oder Genitalien abgehackt. Auch die Todesstrafe in Form von Hängen, Köpfen, Kreuzigen, Häuten, Steinigen, Vierteilen oder Speeren wurde nicht angewendet, wie Hypsipyle nach aufwendigem und detailliertem Nachfragen feststellen musste.

Stattdessen wurden sie gezwungen, zusammen mit anderen Kriminellen durch die Zeit zu reisen. Dies sollte ihnen helfen, ein besserer Mensch zu werden. Wo blieb denn da die Abschreckung? Wie konnte eine Zivilisation auf diese Weise funktionieren? Hypsipyle glaubte zu verstehen, wieso sich die Menschheit nur wenige Zeit später ausrotten sollte.

Nachdem sie die grabähnliche Vertiefung mit gespreizten Farnblättern ausgelegt hatte, schob sie mit ihrer Labrys die glühenden Steine aus dem Lagerfeuer hinein. Sie platzierte jeden der sieben Steine an einem vorbestimmten Platz. Eingehend begutachtete sie ihr Werk. Genau die richtige Größe!

Sie bemerkte, wie intensiv die Bastardin sie beobachtete. Hatte sie so etwas noch nicht gesehen? Sie stand nackt da. Wartete auf das Trocknen ihrer Kleidung. Ihre rubinroten Schuppen glänzten im Schein des Feuers. Sie war definitiv weiblich. Und verlockend schön. Zufrieden mit dem Ergebnis setzte sich Hypsipyle neben die schlundartige Öffnung. Auch die Bastardin würde nicht zu kurz kommen, grinste sie.

»Was ihr vertan? Morden? Brandschatzen? Diebstahl nur?«

Sie registrierte zwar, dass das Thema dem Katzenmädchen unangenehm war. Aber sie musste es genau wissen. Sie hob die Doppelklinge der Axt in die Höhe. Prüfte sorgfältig, ob ihre Schärfe durch das Schaufeln beeinträchtigt worden war.

»Die uns zur Last gelegten Vergehen sind technologischer Natur. Sie betreffen die Sicherheitseinstellungen relevanter Systeme zur Aufrechterhaltung des Status quo.«

»Hä?«

»Sie benutzte ihre technologischen Fähigkeiten, um das Herrschaftsgefüge ihrer Zeit zu destabilisieren, Hitzköpfchen! Unser unscheinbarer Tollpatsch ist eine versierte Rebellin.«

Hypsipyle zuckte zusammen. Ein Schauer des Unbehagens überkam sie und kroch ihr in jede Zelle. Es klang plötzlich liebevoll, wenn die Bastardin sie Hitzköpfchen nannte.

Nicht mehr abfällig. Ebenso geistesabwesend wie zärtlich tätschelte sie den Nacken von Tabiti, die bereits zu knurren begann. Targitaos war abgelenkt. Er spielte Fangen. Mit seinem Schwanz.

Einer Übersprunghandlung gleich nahm sie einen der langfingrigen Farnwedel und strich damit über die glühenden Steine. Seine Spitzen verkohlten augenblicklich. Genau die richtige Temperatur.

Das Katzenmädchen räusperte sich. Seine geweiteten Pupillen blickten reumütig auf das sengende Grab. Es lag auf dem Bauch. Sein felliges Kinn in beide Hände gestützt.

»Es besteht die Möglichkeit einer Undeutlichkeit der zu Beginn erfolgten Beschreibung der Transfelinität als Modeerscheinung. Sie gehört nicht zu den mit der Legalität konform gehenden Modifikationen …«, beichtete es in einem klagenden Tonfall.

Sein buschiger Schwanz schlug dabei pausenlos hin und her.

»Katze-Mensch-Sein verboten?«

Hypsipyle machte sich bereits seit einer Weile Gedanken über den Ort, von dem Tigerfelina kam. Es fiel ihr schwer, zu verstehen, wie das Morgen ein Ort sein konnte. Sie war jedoch überzeugt, dass die Menschen dieses Ortes es nicht verdient hatten, gewarnt zu werden. Sollten das Morgen doch untergehen. Reisen in das Gestern statt Kerker und Galgen! Das klang nach einer Weichlingszivilisation!

Schlimmer als die der Wasserweintrinker! Natürlich wollten Menschen dort Tiere werden.

Und jetzt hieß es: Auch das wäre ein Verbrechen! Dabei hatte sie sich bereits vorgestellt, wie es sein würde, ein Tiermensch zu sein. Auch, welches Tier sie wählen würde. Während des Marsches ging sie verschiedene Möglichkeiten durch. Ein Rotfuchs womöglich? Oder größer? Ein Polarwolf! Oder lieber ein Kragenbär? Vielleicht doch ein Steinmarder? Am Ende der Wanderung war sie sich sicher: sie würde ein Honigdachsmensch werden! Ha! Sie würde es allen zeigen! So dachte sie heute Morgen. Und jetzt?

»Die der Legalität konform gehenden Verhaltensweisen, die dem Gewinn der Freude dienen, addieren sich zu dem Wert 'Null'. Daher die Notwendigkeit der Vielfalt komplexer Resozialisierungsmaßnahmen.«

Die Bastardin lachte laut auf.

»Du musst dir keine Sorgen machen, Hitzköpfchen! Wenn Du eine Tier-Mensch-Hybridin wirst, werden sie dich nicht Hängen, Köpfen, Kreuzigen, Häuten, Steinigen, Vierteilen, Speeren oder welche andere Tötungsformen deiner kranken Fantasie erwachsen. Sie schicken dich einfach in deine Zeit zurück!«

Sie lehnte sich zurück und hielt sich den Bauch. Ihr schallendes Lachen verschreckte Targitaos, dem es immer noch nicht gelungen war, seinen Schwanz zu erwischen.

Hypsipyle starrte die Geschuppte fassungslos an. Es dauerte eine Weile, bis sie den Scherz begriff und unvermittelt loslachte. Ihr grunzendes Lachen verstörte nicht nur Targitaos, sondern auch Tabiti, die solche Laute noch nie von ihrer Gebieterin vernommen hatte. Hypsipyle beugte sich vor, hatte bereits Tränen in den Augen, aber es gelang ihr nicht, aufzuhören. Es fiel ihr auch schwer, die Balance zu halten, und so kippte sie nach hinten weg. Auf dem Rücken liegend klang ihr Grunzen noch verstörender. Tabiti kam näher. Ihr Federkranz war aufgerichtet. Schützend stellte sie sich über ihre Herrin. Sie knurrte und fletschte dabei die Zähne wie ein in die Enge getriebener Wolf. Auch Targitaos kam vorsichtig näher, suchte Schutz im Schatten seiner gefiederten Beschützerin. Hypsipyles Lachanfall ebbte augenblicklich ab. Als wäre nichts geschehen, richtete sie sich wieder auf und kraulte Tabiti unter ihrem Kinn. Es dauerte einige Minuten, bis sich die Vogelechse wieder beruhigt hatte. Targitaos schmiegte sich an sie. Bettelte um Streicheleinheiten, die Hypsipyle ihm freimütig gab.

Ihr war nicht entgangen, wie die Bastardin sie während dieser Interaktionen fixierte. Dieser eindringliche Blick. Die gespaltene Zunge hing ihr aus dem Mund. Fuhr über die nachtschwarzen Lippen. Befeuchtete gekonnt Ober- und Unterlippe gleichzeitig. Der Blick schmerzte. Weckte etwas, was sie gerne verdrängte. Diese Sehnsucht nach Nähe. Dieses Verlangen … Verunsichert suchten ihre Augen nach der Doppelaxt. Sie lag in Griffweite. Erleichtert atmete sie auf.

Doch statt ihre Labrys zu ergreifen, nahm sie eine der kopflosen Echsen, die sie neben dem Lagerfeuer gestapelt hatte. Wortlos setzte sie sich in den Schneidersitz, legte den Torso in ihren Schoß und befreite ihn von seinem rot-schwarz gestreiften Daunenkleid.

Ein Echsenrudel hatte den Fehler begangen, sie beim Feuerholzsuchen in der Frühe zu überraschen. Zwei Dutzend gänsegroße Raubsaurier hatten sich unbemerkt an sie herangeschlichen. Im dichten Farngewirr des Waldes umkreisten sie ihr vermeintliches Opfer und sprangen gleichzeitig los. Hypsipyle erschrak so heftig, dass sie instinktiv ihre Doppelaxt kreisen ließ und sechs der Minimonster mit einem einzigen Hieb enthauptete. Ihre Köpfe segelten Blut versprühend durch die Luft. Die Körper fielen wie einstürzende Wachtürme in sich zusammen. Weitere Echsen drangen aus dem Dickicht zu ihr vor. Wie üblich geriet sie in einen Blutrausch. Auch ihre Tierliebe kannte Grenzen. Besonders, wenn sie erschreckt wurde. Besonders, wenn sie hungrig war. Einer der Winzsaurier war auf ihrer rechten Schulter gelandet. Schnatterte ihr ins Ohr. Sie blickte in seine eisblauen Echsenaugen. Sein Maul stand offen. Seine Zähne blitzten auf. Wie zwei Spielzeugsoldatenarmeen standen sie in Reih und Glied. Bis Hypsipyles linke Hand seinen Hals umschloss und ihm mit einem geschickten Griff das Genick brach, während ihre rechte Hand routiniert die Labrys schwang und drei weitere Räuber niedermetzelte. Ihre eherne Kriegsaxt schnitt durch die gefiederten Echsenleiber wie durch Butter. Teilte einen Körper in zwei Hälften. Entbeinte einen anderen. Und köpfte einen Weiteren. Alles mit einem Hieb! Federn wirbelten durch die Luft. Die verbleibenden Echsen ließen gellende Warnschreie erklingen. Sie hatten begriffen, dass sie sich mit einem gefährlichen Raubtier angelegt hatten und es besser war, das Weite zu suchen. Freudestrahlend hatte sie die willkommene Abwechslung ihres Speiseplans eingesammelt und zu den anderen gebracht.

Hypsipyle kniete auf dem sandigen Boden und breitete das gerupfte Reptil vor sich aus. Mit ihrem Ausweidemesser schnitt sie ihm die Unterseite längsseitig auf. Ihre kräftigen Finger spreizten geschickt den Schlitz im Bauch der Echse und zogen routiniert die Innereien heraus. Während sie mit ihrer linken Hand den ausgeweideten Saurier fixierte, stopfte ihre rechte Hand den angerührten Brei aus Rotfrüchten, Schwarzknollen und Saurierdotter, hinein. Innerlich rieb sie sich bereits den Magen. Die Bastardin hatte die Knollen, die sie unterwegs ausgegraben hatte, gewaschen. Sowohl Tabiti als auch Tigerfelina hatten ausgiebig daran gerochen und sie für genießbar erklärt.

Doch jetzt tigerte das Katzenmädchen missmutig umher. Hypsipyle staunte, wie schnell seine Laune wechseln konnte. Schlimmer als Aprilwetter. Es war nicht erfreut darüber, dass es schon wieder nicht helfen durfte. Dabei sorgte sie sich nur um es. Es war so ungeschickt wie ein nur wenige Tage altes Löwenbaby. Es würde sich verletzten. Auch über die vielen Nachfragen schien das Fellkind nicht glücklich zu sein. Sie musste ihm unbedingt helfen, sein Selbstvertrauen wieder zu finden. Sie hatten Zeit. Es würde eine Weile dauern, bis sie die Kriminellengruppe aufgespürt und überwältigt haben würden. Bis dahin würde sie eine selbstbewusste Katzenkriegerin aus dem schüchternen Kätzchen gemacht haben.

Gebannt beobachtete Felina Fleabuttocks, wie sich die Amazonenkönigin die rot schimmernden *Malus sieversii*-Früchte griff. Zusammen mit den unbenannten Knollen einer *Asteridae*-Spezies zerstampfte sie sie in der geöffneten Schale des kürbisgroßen Eies eines *Iguanodon bernissartensis* und vermischte ihr Püree mit dem darin befindlichen Dotter. Mit dem Brei füllte sie die gerupften und ausgeweideten *Sinosauropteryx prima*, die sie einzeln im Erdofen platzierte.

Im 22. Jahrhundert gab es keine einzige Person, die derart handwerklich begabt war. Die Amazonenkriegerin würde selbst in den weißen Zonen überleben können. Seltsamerweise verstand sie sich plötzlich mit der Hybridin. Irgendetwas ging zwischen den beiden vor. Die deutliche Erregungszunahme der Halb-Irdischen in der Nähe der Kriegerin besaß eine sexuelle Komponente. Das war eine gewagte Interpretation, da ihr Scanner die ungewöhnliche Physiognomie nicht korrekt analysieren konnte. Es fehlten die

Vergleichsdaten. Sie war anders, als alles, was sie je gescannt hatte.

Die beiden also! Und sie? Durfte nicht mitspielen. Nicht einmal helfen durfte sie. Die machten alles allein. Sie war wieder die Außenseiterin. Genau wie in ihrer Zeit.

Die Geschuppte gab sich noch selbstüberzeugter als sonst. Sie trieb ständig ihre Spielchen. Vor allem mit der Amazone. Vor einer Stunde und dreizehn Minuten gerieten die beiden wegen der Verwandlung des *Spinosaurus aegyptiacus* in ein *Sus scrofa domesticus*-Kleinkind in einen mörderischen Streit. Sie war sich sicher: Sie würden sich gegenseitig umbringen. Und jetzt das!

›Die Emotionen anderer bereiten uns weiterhin Schwierigkeiten. Allerdings können wir uns ihnen an diesem Ort nicht entziehen. Das Stiften technologischer Verwirrung, um Aufmerksamkeit zu erzielen, ist an diesem Ort nicht möglich …‹, blubberte sich Agya in ihren geistigen Monolog.

›Shut up, Agya! Du hast keine Ahnung. Wir müssen ihr Spiel nicht mitspielen. Wir können selbst die Regeln ändern!‹, provozierte sie ihre Ich-Erweiterung.

Mit Erfolg. Agya verstummte.

Unruhig am Ufer umhertigernd, verfolgte sie das Geschehen. Die Amazonenkönigin hatte die zwischen den glühenden Steinen drapierten Echsen mit Farnwedeln bedeckt. Sie feixte mit der Schlangenfrau, als wäre es ihre beste Freundin. Als sie den Pakt schlossen, hatte sie den beiden geschworen, High Fashion Plus nur in Notsituationen zu verwenden. Doch sie verspürte keine Lust, ihre Kleidung wieder auszupacken und unsichtbar über den beiden zu schweben. Es reichte, ihr Treiben aus der Ferne ertragen zu müssen. Als ihr auch das zu viel wurde, schlich sie sich davon.

Nachdem sie eine Weile sorgsam prüfend den richtigen Platz auswählte, setzte sich Felina Fleabuttocks ans Seeufer und begann sich zu waschen. Immer wieder befeuchtete sie ihre zur Pfote geformte Hand und schob sie hinter die spitzen Ohren. Erinnerungsbruchstücke aus ihrer Kindheit schwemmten wie das Treibgut eines havarierten Lastkahns an die Oberfläche. Wie sie von Heilzentrum zu Heilzentrum gereicht wurde. Weil sie ständig alle technischen Geräte umprogrammierte. Die Ausgestoßene, die nirgends Fuß fassen konnte. Wegen der Fehlfunktionen des Programms ihrer Brutmutter. Die es nicht schaffte, sie zu einem gleichförmigen Mitglied der Gesellschaft zu prägen. Ein Mitglied, welches seine vorbestimmte Rolle annimmt, statt sie infrage zu stellen. Welches sich blindgläubig der Gemeinschaft unterordnet. Keine Störenfrieda, die alles auseinandernehmen muss, um es zu untersuchen und zu verstehen. Die permanent die Ordnung der Dinge hinterfragt. Die ausgesondert werden muss. Weil sie eine Gefahr für sich und die Allgemeinheit darstellt …

Über ihr kreiste ein *Tapejara wellnhoferi* mit einer Flügelspannweite von fünf Metern und 13 Zentimetern. Ein gelbrot-orangenes Horn ragte 48 Zentimeter aus seinem Schnabel hervor. Es bildete eine Einheit mit Kopf und Schnabel. Um sich abzulenken, scannte Felina Fleabuttocks jede einzelne Bewegung des Fische fangenden Flugsauriers. Trotz seiner gewaltigen Spannweite hatte er nur ein Gewicht von neun Kilogramm und 418 Gramm. Nach exakt 17 Minuten und 33 Sekunden akribischen Scannens maunzte sie vor Langeweile. Sie beschloss, zu den anderen zurückzukehren.

Als sie den Erdofen erreichte, saßen ihre Gefährtinnen bestens gelaunt beim Essen. Die Amazone hatte sich die größte Echse gegriffen. Sie hielt sie mit beiden Händen vor ihr Gesicht und nagte daran wie ein rekordversessener Biber, der seinen Damm am gleichen Tag fertigstellen will. Hinter ihr stritten sich die Theropoden um die Echseninnereien. Beeindruckt beobachtete Felina Fleabuttocks, wie das Raubtier im niedlichen *Tyrannosaurus Rex*-Baby erwachte, als es ums Fressen ging. Trotz seiner geringeren Größe versuchte es, dem *Deinonychus antirrhopus* ins spindeldürre Bein zu beißen.

Auch die Hybridin war mit Essen beschäftigt. Mit ihren langen, spitzen Fingern zupfte sie daumengroße Fleischstücke aus dem zart gekochten Echsenleib. Sie schnippte sie in die Luft und fing sie mit ihrer gespaltenen Zunge, die wie eine Feder aus ihrem runden Mund heraus schnellte, wieder auf. Dabei grinste sie die Amazonenköchin fröhlich an.

Unbewusst machte Felina Fleabuttocks einen Buckel. Diese verlogene Harmonie. Nicht zu ertragen!

Sie war zu hungrig, um weiter zu schmollen, und griff sich nach längerem Zögern auch eine der Echsen aus dem Erdofen. Nachdem sie ausgiebig an ihr geschnuppert hatte, schlug sie ihre Fangzähne genüsslich in das weiche Fleisch. Der gegarte Saurier war das Köstlichste, was sie je gegessen hatte. Selbst der kostspieligste Nahrungsreplikator des 22. Jahrhunderts würde keinen derart deliziösen Geschmack erzeugen. Immer wieder leckte sie sich die Fellfinger sauber, bevor sie weiter schlang.

Die beiden waren näher zusammengerückt. Wie sie das hasste!

»Das Gebäude dieser Faszination verströmenden Theorie der Eigenschuldigkeit der Selbstauslöschung der Menschheit steht auf einem sandigen Fundament. Es bedarf einer als Stützwerk fungierenden Beweislage …«, bettelte Felina Fleabuttocks um Aufmerksamkeit.

»Mein Lieblingsgeschwister O'n-R'et erforschte vor Jahren ein faszinierendes Häuflein Menschlinge in der von euch als Jungsteinzeit bezeichneten Epoche. Sie lebten in einer Region, die später als Amerika bezeichnet werden sollte …«

»Hypsipyle nicht gekannt Amerika!«

»Amerika wird erst 2000 Jahre nach deiner Zeit als solches bezeichnet. Aber keine Sorge, Hitzköpfchen, du und deinesgleichen werden nicht vergessen sein. Sie werden den größten Fluss dieses Planeten nach euch benennen …«

Wieder dieses wohlwollende Schlangenmundgrinsen!

»Geben Fluss heißen Hypsipyle?«, schmatzte die Amazonenkönigin mit geweiteten Augen.

»Nein, Hitzköpfchen, nicht Hypsipyle. Es ist ein Strom und er wird Amazonas genannt werden. Nach deinesgleichen …«

Die Kriegerin grunzte zufrieden. Felina Fleabuttocks brauchte keinen Scanner, um zu erkennen, dass nur ihre schlecht sitzende Rüstung sie davor bewahrte, sich vor Stolz zu einem Heißluftballon aufzublähen. Wieder hatte die Hybridin sie manipuliert. Wieder begann sie abzulenken.

»Das Fundament wurde noch immer nicht durch Fakten gestärkt …«, mischte sie sich in das Geplänkel der beiden.

Das Trommelfeuer ihres wild umherschlagenden Schwanzes blieb unbeachtet.

»O'n-R'ets Menschlingshaufen im frühen Amerika wurde in einem späteren Zeitalter als Clovis-Kultur bezeichnet. Schau in deinen Archiven nach. Sie gelten als erster Beleg einer menschlichen Kultur, die sich durch die Vernichtung ihrer Lebensgrundlage, der sogenannten Megafauna, selbst auslöschte …«

›Die Ausführungen der genetisch nicht bestimmbaren, chronologischen Anomalie entsprechen den Archiveinträgen über die Megafauna-Overkill-Hypothesen in Bezug auf das Neolithikum.‹

Agyas Bubble-Stimme war so nervtötend wie die belehrende Grundeinstellung der Werksversion.

»Was sind Megafauna?«, mischte sich die Kriegerin ein, der das Wort offensichtlich eine besondere Freude bereitete.

Wieder wandte sich die Halbirdische freudig an die Amazone und beachtete sie nicht mehr. Die beiden scherzten über Mammuts, Wollnashörner und Riesenfaultiere. Ihr Fauchen ging im Lachen der beiden unter.

8. Psychotropia fleabuttocksii

Die rotrindigen Mammutbäume gerieten in Bewegung. Der Boden unter ihnen wallte auf wie eine bebende Lawine. Ihre mächtigen, Dutzende Meter umfassenden Wurzeln erhoben sich aus dem Untergrund. Wie hölzerne Seeungeheuer, die auf knorrigen Tentakeln wandelten, krochen die ersten Riesenbäume auf Hypsipyle zu. Ihre Äste mit den immergrünen Nadeln winkten aufgeregt, als wollten sie sie herbeirufen.

Sie richtete sich auf und machte einige Schritte in Richtung des Waldes. Die unheimlichen Baumriesen besaßen Gesichter. Jeder ein eigenes. Es waren furchige Gesichter. Rindengesichter. Antlitze, die viel gesehen hatten. Mehr und mehr der imposanten Rothölzer kamen auf sie zu. Die Ersten umkreisten sie. Beugten sich zu ihr hinunter. Senkten ihre unteren Äste. Stachelige Nadelfinger berührten sie. Wie ein Geschwader von Blinden, die den Körper einer Fremden ertasten. Die Borkengesichter wisperten. Alle zugleich. Ihr Wispern wurde zum Heulen eines Wirbelwindes, der über das Schlachtfeld tobt und die Leichen mit Staub bedeckt.

Ein kreisrundes Gesicht zu ihrer Rechten stellte die erste Frage: »Warum bist du hier?«

Es sprach ihre Sprache. Die Nadeln drangen durch ihre Rüstung. Durch ihre Haut. Stießen tief in sie vor.

»Wer bist du?«, fragte ein Gesicht, welches die Form eines Entsetzenschreis hatte.

»Wieso kannst du uns sehen?«, blaffte ein Zitronenförmiges.

Mehr und mehr der spitzen Finger stachen durch ihre äußere Hülle. Tasteten ihre Organe ab.

»Wo kommst du her?«, wollte ein Zerfurchtes, dessen Rinde sich ablöste, wissen.

»Was machst Du hier?«, wimmerte ein Pockengesicht, welches im Sterben lag.

Wie ein Sturzregen prasselten die Fragen auf sie ein. Aus allen Richtungen. Die Nadelfinger der sprechenden Bäume durchbohrten ihren Körper. Hypsipyle verkrampfte. Steif stand sie da. Trotzdem versuchte sie, die zahllosen Fragen zu beantworten. Doch es waren so viele. Es wurden immer mehr. Sie warteten nicht auf Antworten. Hunderte von Fragen hallten in ihr. Als wäre sie der Bauch einer Pferdekopfgeige. Als würde sie mit ihrer Mutter sprechen. Myrina hörte auch nie zu. Sie hatte ihr hundert Mal erklärt, dass sie keine Insel wollte. Eine verfickte Insel! Sie flehte gar. Aber ihre Mutter blieb stur. Sprach von Undankbarkeit. Sie sollte eine Anerkennung sein. Ein Geschenk. Weil sie Iason entmannte. Ein freches Grinsen schlich sich in ihr Gesicht, als sie an die Blutfontäne dachte, die sich über sie ergoss, nachdem sein Fleischläppchen zu Boden fiel. An den Blutrausch, in den sie geriet. An das unvermeidliche Gemetzel. Sie musste alle Argonauten töten. Die gaben einfach keine Ruhe. Iason lag am Boden in einer Blutlache. Er quiekte wie ein Schwein beim Fleischhauer, als sie seine Gefährten, einen nach dem anderen, massakrierte. Nur seine Tochter Atalante, die einzige weibliche Argonautin, war von Hypsipyles Todestanz verschont geblieben. Weil sie kämpfte wie eine Amazone. Das arme Ding hatte nach seiner Flucht schreckliche Schuldgefühle als einzige Überlebende. Es begann Schiffsladungen von Seefrauengarn über die Heldentaten der Argonauten zu spinnen. Hypsipyle blieb wie so oft die unerwähnte Heldin der Geschichte. Nur ihre Mutter war über das Abschlachten der größten Helden Griechenlands grenzenlos entzückt! Zur Belohnung vermachte sie ihr die Insel, auf der das Massaker stattfand. Es fühlte sich wie eine Strafe an! Ihre Mutter kannte sie nicht. Die verfickte Insel war ein Gefängnis. Myrina musste doch wissen, wie sehr sie es hasste, über das Meer zu reisen. Weil ihr das Kotzen so peinlich war. Wie sehr sie es hasste, Königin zu sein. Weil sie besser mit Tieren, als mit Menschen konnte. Es gab nur eine Erklärung: Ihre Mutter wollte sie kontrollieren. Damit sie sich nicht wieder aus dem Staub machte. Wie damals. Mit Rhimna. Ihrer Kriegsstute. Als sie ihr eigenes Leben lebte.

Sie erinnerte sich an ihr letztes Gespräch. Vor dem Aufbruch nach Atlantis. Nach T'lan-T'is. Sie hatte die Überfahrt nicht gewollt. Dieses ewige Erbrechen. Aber die Heerführerin der Amazonen kannte keine Gnade. Und keine Empathie. Myrina verstand sie einfach nicht. Sie hörte nicht zu. Genau wie diese verfickten Baumgeister.

»Wieso bist du so klein?«, ächzte das Gesicht eines Baumriesen, der alle anderen überragte.

Hypsipyle verdrehte die Augen.

Die Amazone hatte I'a-R'et allein gelassen. Einfach so stand sie auf und ging fort. Zuvor lagen beide vertraut nebeneinander in der Farnwiese. Starrten gemeinsam in den wolkenlosen Himmel. Erzählten sich Kindheitsgeschichten. Als wären sie beste Freundinnen. Oder mehr …

I'a-R'ets Schlangenaugen suchten sehnsüchtig nach dem lieb gewonnenen Hitzköpfchen. Drüben bei den Bäumen verharrte es. Beachtete sie nicht mehr. Wendete sich ab von ihr. Wie E'l-R'et. Die Person, die sie zeugte. Wie Keito. Ihre irdische Mutter. Wie O'n-R'et. Ihr Lieblingsgeschwister. Wie alle, die ihr einmal nahe waren. Es war ihr Schicksal verlassen zu werden. Ihr Stöhnen entsprang einem Strudel aus Selbstmitleid, Verzweiflung und Angst.

I'a-R'et fühlte sich allein. Mutterseelenallein. Ein Lachen klang in ihr. N'e-R'ets Lachen. Hohn tropfte aus dem Lachen. Zähflüssig wie Honig aus einer Bienenwabe. Verklebte alles. Das Atmen fiel ihr schwer. Sie japste nach Luft. Begann zu keuchen.

Sie hatte versagt. So, wie N'e-R'et es vorausgesagt hatte. Sie würde nie eine S'af werden. Würde nie die Weihe des Dritten Nestes der Hohen Biegung erhalten. Sie blieb immer Menschling. Alle wussten es. Das Gelächter schwoll an. Bedrohlich. Wie ein verzerrtes Echo in einem finsteren Tal.

I'a-R'et schlug unkoordiniert mit ihren Armen. Das Lachen blieb. Sie verstand, dass sie es nicht vertreiben konnte. Das Lachen war überall. Sie konnte nicht anders. Ihre Hände fuchtelten angsterfüllt vor ihrem Gesicht. Menschlingshände. Mit fünf Fingern. Nicht sechs. Das Lachen drang in jede Pore. Sie schüttelte sich. Sie schrie. Aber sie wurde es nicht los. Sie züngelte aufgeregt. Ihre Schlangenpupillen zuckten. Das menschliche Herz in ihrem Innern saß so tief wie bei den S'af. Sein Pochen ließ ihr Becken vibrieren. Ihr stummeliger Schwanz wedelte panisch.

Wo war Hitzköpfchen? Nur es konnte ihr helfen. Einsam stand es bei den Bäumen. Redete mit sich selbst. In dieser Steppensprache, von der sie so wenig verstand.

Das Lachen hatte ihren Körper übernommen. Hatte sie im Griff. Wie eine tausendarmige Krake. Es gab kein Entrinnen. Es höhlte sie aus. Sie spürte, wie sie sich leerte. Wie ihr Innerstes sich auflöste. Ausgefranste Fetzen ihres Ichs trieben durch eine galaktisch endlose Leere. Wie schwarzes Wasser umhüllte die Leere die Ichfetzen. Drückten sie zusammen. Verdichteten sie. Bis sie zerbrachen. In tausend Stücke zerfielen. Auch die übrig bleibenden Ichpunkte wurden vom nachtfarbenen Wasser umschlossen. Zerquetscht. Gebrochen. Bis sie nur noch Staub waren.

Ihr Körper taumelte mechanisch vorwärts. Torkelte durch das Dickicht. Stolperte. Stürzte. Und blieb leblos liegen.

Die Schummrigkeit ließ nach. Sie konnte sich fokussieren. Ihre Gedanken hatten wieder die Schärfe ihrer Schneidezähne. Sie wusste, was sie wollte. Sie spürte es mit jedem ihrer feinen Schnurrhärchen. Sie wollte etwas fangen. Etwas töten. Beute machen. Mit ihr spielen.

›Oh weh, oh weh!‹, piepste eine Stimme wie eine verlockend schmackhafte Maus.

Die Stimme war in ihr. Sie konnte sie nicht ergreifen. Nicht fressen. Nicht mit ihr spielen.

›Meine Analyse offenbart, dass die Knollen der nicht klassifizierten *Asteridae*-Spezies Alkaloide enthalten, die fähig sind, bislang undokumentierte Strukturveränderungen an den Rezeptoren unserer Synapsen im Nervensystem auszulösen. Würde aufgrund dieser Störung der Neurotransmitter und ihrer Aufgaben nicht die Instinkthaftigkeit aus dem zugefügten Genmaterial der *Felis silvestris* unser Denken übernehmen, wäre das ein geeigneter Moment die Pflanze und ihre Alkaloide zu kategorisieren. Wenn wir sie als Entdeckung in die Datenbank laden würden, hätten wir die Legitimität sie zu benennen. Wir könnten sie wegen ihrer das Bewusstsein verändernden Eigenschaften als *Psychotropia fleabuttocksii* bezeichnen …‹

Die piepsige Stimme nervte. Das Gefühl dieser Genervtheit war ihr vertraut. Sie kannte es. Aus ihren Träumen. Sie träumte oft. Wirres Zeugs. In ihren Träumen lief sie auf zwei Beinen statt auf vieren. Verrückt!

Aber jetzt wollte sie jagen. Auf allen vieren, so wie es sich gehörte, schlich sie durch die Wogen des saftigen Farns. Prüfte die Windrichtung. Perfekt. Das würde eine wunderbare Jagd werden.

›Wenn wir High Fashion Plus wieder anlegen und aktivieren, können wir uns den Aufwand mit dem Schleichen und dem Windprüfen sparen …‹

Die Stimme gab keine Ruhe. Wie sollte sie jagen, mit dieser Ablenkung im Kopf. Wenn sie sie nur fressen könnte. Wie eine feiste Maus.

Die Stimme war nicht die einzige, die ihre Jagd störte. Das Riesenbaby stampfte durch den Farn. Auch das rotgelbe Federvieh sprang umher wie ein aufgeschrecktes Huhn. Die beiden verscheuchten jede Beute. Sie musste woanders jagen. So schlich sie davon.

Ihre Schnurrhaare zuckten nervös. Der Rest des Körpers verharrte in der Starre eines heiligen Berges. Sie liebte die Spannung dieses Momentes. Genoss sie mit jeder Faser. Die letzten Sekunden vor dem Sprung. Ihr ganzes Wesen auf einen Punkt konzentriert. Eine einzige Handlung. Vollkommene Konzentration. Wenn die Anspannung ins Unermessliche wuchs. Sie zu bersten drohte. Was für ein Hochgefühl! Es war das Beste an der Jagd. Dafür lohnte sich jeder Aufwand.

Ihr Körper schnellte durch die Luft. Die Arme voran gestreckt. Es gelang ihr, die Beute zu greifen und stabil auf allen vieren zu landen. Die Riesenmaus quiekte, als sie unter ihrem felligen Leib begraben wurde.

Oh, wie sie dieses Geräusch liebte! Das Spiel konnte beginnen.

›Wie bereits wiederholt hingewiesen, vermag das Töten einer Spezies in einem vorangegangenen Zeitalter mannigfaltige, chronologische Paradoxa auszulösen und uns daher für zukünftige Zeitreisen zu disqualifizieren. Dies gilt selbstverständlich auch für den *Repenomamus robustos* in unseren Händen. Da uns die alternativen Resozialisierungsmaßnahmen nicht behagen, ist zu betonen, wie wichtig das Befolgen dieser Regel ist …,‹ blubberte die nervende Stimme erneut.

Sie ignorierte die Nervstimme in ihrem Kopf. Mit der Tatze ohne Krallen schlug sie ihrer Beute auf den Kopf. Das blau-schwarz gefleckte Fellknäuel ziepte. Wollte davon rennen. Mit einem Satz war sie wieder auf ihm. Es quiekte. Was für ein Spaß!

Sie beäugte es. Es war keine Monstermaus. Auch keine Ratte. So ein Tier kannte sie nicht. Eine Mischung aus Dachs und Maus. Sie hielt die Dachsmaus in beiden Tatzen. Drehte sie und betrachtete sie von jeder Seite. Das Tierchen winselte. Das war die Hauptsache. Dachsmaus hin. Dachsmaus her. Die verengte Schnauze mit den spitzen Zähnen wollte sich in ihr festbeißen. Blitzschnell griff sie mit der rechten Pfote den Nacken der Beute. Hob sie vom Boden hoch. Wie praktisch! Ohne Krallen schien sie uneffektiv. Aber das war toll. So konnte sie noch besser spielen.

Sie richtete sich auf. Stand auf zwei Beinen. Wie in ihren Träumen. Hob das hasengroße Gewusel in die Höhe. Hielt es mit der rechten Tatze fest im Griff. Mit der Linken schlug sie zu. Ein entsetzliches Kreischen drang aus dem Maul der Dachsmaus. Sie stank vor Angst. Wie sie diesen Geruch liebte. Ihre Nase vibrierte. Ihr Mund öffnete sich. Wieder prügelte sie auf ihr Opfer ein. Diesmal fester. Die Beute winselte. Sie zitterte am ganzen Leib.

›Muss das sein? Können wir den mesozoischen Säuger nicht einfach laufen lassen? Wir sind doch satt!‹, meckerte das Nervstimmchen in ihrem Kopf.

Die feinen Härchen, die seinen breiten Schädel gleich einer Wildblumenwiese säumten, standen aufrecht wie die Grashalme eines englischen Rasens. Der Krokodilelefant trötete weiterhin fassungslos. Seit Stunden irrte er umher. Er hatte keinen Appetit mehr. Die grüne Beute oben roch auch hier verlockend. Noch verlockender als die am Fluss. Er wollte sie nicht. Die schrecklichen Töne, die ihn seines Körpers beraubt hatten, hallten in seinem Kopf. Nahmen ihm den Verstand. Die Bilder seines Widersachers. Verwandelt. In den Fluten versinkend. Sie trieben ihn in den Wahn. Wieder und wieder schüttelte er sich. Doch er wurde sie nicht los. Es gab kein Entrinnen. Seine stämmigen Beine scheuchten ihn ziellos durch den Mammutbaumwald. Das Grauen trübte seine Sinne. Er erkannte nicht, dass er seit Stunden im Kreis lief. Stumpf blickte er zu Boden. Sah die von seinem stundenlangen Traben abgebrochenen Äste, die leblos herabhingen, nicht. Im Erdboden hatten seine klobigen Füße längst eine Spur in Form eines eingestampften Weges hinterlassen. Auch das nahm er nicht mehr wahr. Seine Sinne waren taub geworden. Leere breite sich in ihm aus. Bis er die Stimme hörte. Der Krokodilelefant hielt inne. Er kannte ihren Klang. Sie brachte Erinnerungen zurück. Wohltuende Gedanken. An die Zeit, als er im richtigen Körper steckte. Als die Welt noch in Ordnung war. Die Stimme beruhigte ihn. Machte ihn sanft. Vertrieb die grausamen Laute aus seinem Kopf. Verscheuchte seine Panik. Heilte ihn.

Als die Stimme erklang, trieb I'a-R'et leblos wie ein ausgebrannter Stern durch die Weiten des Alls. Ewigkeiten vergingen, bis der Gesang sie erreichte. Ihre zahllosen Ich-Atome stürzten aufeinander zu. Funken sprühende Kollisionen erhellten das Nichts. Wieder und wieder blitzte es auf. Die Staubteilchen, die einmal ihr Ich bildeten, vereinten sich. Teilchen für Teilchen formte sich eine Masse. Ihr Ich entfaltete sich. Die Stimme fügte es zusammen. Sie erinnerte sich. Wie sie sie zum ersten Male hörte. Sich in sie verliebte. Diese hoch entwickelte Stimme. Die Dimensionen überwinden konnte. Verstummte DNS-Stränge zum Klingen brachte. Endorphinausschüttungen verursachte. Das hässliche Lachen vertrieb. Die Leere füllte. Sie fühlte wieder. Spürte ihren Klang als sanftes Streicheln. Es verzückte sie. Wie beim ersten Mal.

I'a-R'et öffnete die Augen. Ihre zu Schlitzen verengten Pupillen blinzelten schlangengleich. Sie lag am Boden. Nackt. Der Fetzen, der einmal ihr Lieblingskleid war, hing wenige Meter von ihr entfernt in einem Busch. Ihr Körper hob sich leicht an. Sie streckte ihre Arme vor. Erst den Linken. Wenige Sekunden später auch den Rechten. Langsam ließ sie ihre Arme wieder auf den Boden gleiten. Verkrallte sich in ihm. Zog ihren Körper einige Zentimeter voran. Sie winkelte ihre Beine an. Erst das Linke. Danach das Rechte. Stemmte ihren Körper erneut ein wenig nach vorne. Wieder griff ihr rechter Arm in den Boden. Es schien Ewigkeiten zu dauern, bis sie kriechend einen halben Meter im Farndickicht vorwärts wanderte. Doch mit jeder neuen Regung spürte sie die Perfektion ihres Kriechgangs. Ihr

Körper bewegte sich mit der rhythmischen Gleichförmigkeit eines Nilwarans. Nur unendlich viel langsamer. Sie war auf der Hut. Nur nicht die Stimme verlieren. Als sie das Kleidungsstück nach gefühlten Stunden erreicht hatte, griff ihre Hand in den Stoff und zog es über ihren sich aufrichtenden Körper. Sie spürte die fließende Bewegung. Ihre Gleichzeitigkeit. Ihre Eleganz. Es fühlte sich an, als würde sie diese Bewegung wie nie zuvor ausführen. Auf allen Ebenen. In allen Dimensionen. In allen Universen. Als wären Abertausende I'a-R'ets in Abertausenden Universen verschmolzen.

Das Streicheln der Stimme erreichte ihre erogenen Zonen. Ihre Schuppen bebten. Sie züngelte wild.

Die Baumgesichter verstummten augenblicklich. Sie veränderten ihre Form. Wirkten entspannt. Ihr Runzeln verschwand. Hypsipyle konnte wieder befreit atmen. Das Piksen der Nadelfinger, die ihre Organe abtasteten, ließ nach. Die aufdringlichen Stachelklauen zogen sich aus ihrem Innersten zurück. Die Bäume nahmen eine demütige Haltung ein. Hypsipyles glockenheller Gesang schlug alle in ihren Bann.

»Verzeiht! Wir waren unhöflich …«, stotterte das Älteste der Rindengesichter, welches wie das Antlitz eines Neugeborenen strahlte.

»Wir stehen euch zu Diensten!«, frohlockte das einstige Zitronengesicht, das die Form einer Aprikose angenommen hatte.

»Wenn wir euch helfen können …«, plapperte der Entsetzensschrei, der sich zu einem Ausdruck des Entzückens wandelte.

Das pockennarbige Gesicht verströmte ein Gefühl von Lebensfreude und säuselte voller Dankbarkeit: »Wir werden alles für euch tun …«

Hypsipyle sang noch immer. Sie wurde sich gewahr, welches Glück ihr widerfuhr, in diese Zeit geworfen worden zu sein. Wie wohlig ihr war, wenn sie morgens mit einer an sie gekuschelten Tigerfelina aufwachte. Wie glückselig es sie machte, in der T'lan-T'is-Bastardin eine Freundin gefunden zu haben, die ihren Humor teilte. Mit der sie scherzen konnte. Mit der sie am liebsten …

Sie spürte etwas hinter ihr. Ohne den Gesang zu unterbrechen, wandte sie sich um.

Das Katzenmädchen robbte auf allen vieren an sie heran. In seinem Mund hing ein hasengroßes Pelzknäuel, welches es ihr zu Füßen legte. Als das Tierchen fliehen wollte, fuhr seine pelzige Hand hinab. Sie schlug zu, bis es das Bewusstsein verlor. Erwartungsvolle Katzenaugen strahlten sie an. Aus dem Mund von Tigerfelina erklang ein fragendes »Miau?«.

Die Stimme vibrierte in seinen flatternden Ohren. Vertrieb seine Magenschmerzen. Weckte seine Sehnsucht. Der Krokodilelefant wollte ihr nahe sein. Verwirrt wandte er sich um. Sah die Furchen, die seine bulligen Füße in den Waldboden getrampelt hatten. Erfreut trompetete er. Und lief los. Die Stimme führte ihn. Er rannte zurück zum See. Angstlos. Sein Widersacher war ertrunken. Die Stimme beschützte ihn. Es gab nichts zu fürchten. Auch nicht die Geschuppte. Er war sicher. Je näher er ihrem Klang kam, desto sicherer.

Wenige Minuten später sah der Krokodilelefant die Kleine. Die Quelle des Gesangs. Da wollte er hin. Sie sprach mit der grünen Beute oben. Der, die er noch nicht gekostet hatte. Er verspürt keinen Hunger. Kein Verlangen zu essen. Er wollte zur Stimme. Die Große, die er so gefürchtet hatte, war bei ihr. Sie war nicht mehr groß. Er hatte keine Angst mehr vor ihr. Es gab nichts zu fürchten. Sie befand sich auf Höhe der Kleinen. Blickte ihr ins Gesicht. Auch die, die immer verschwand, war da. Sie kroch auf allen vieren und strich der Kleinen um die Beine. Das würde er auch gern tun. So nah bei ihr sein. Sie berühren. Von ihr berührt werden. Auch die anderen beiden waren da. Die, die früher Beute waren.

Die Kleine mit der Stimme bildete den Mittelpunkt der Welt. Da wollte er hin. Dabei sein. Aber er war so riesig. Sie alle waren winzig.

Vorsichtig schritt der Krokodilelefant näher. Das Unterholz knackte unter seinen breiten Füßen. Er machte eine Menge Lärm. Fast hatte er den Waldrand erreicht.

»Wir helfen dir gerne!«
»Sag, was Du brauchst!«
»Du musst es nur sagen!«
»Erzähl schon, wie können wir dir dienen?«
»Wo kommen die anderen her?«
»Was machen die hier?«
»Wir helfen euch allen!«
»Wir stehen euch zu Diensten!«
»Ihr müsst erklären, wie wir euch nutzen können!«

Die Bemerkungen der Baumgeister prasselten wie ein Sturzregen auf Hypsipyle ein. Das Katzenmädchen strich ihr Aufmerksamkeit heischend um die Beine. Es hatte Tabiti und Targitaos mit einem infernalischen Fauchen auf Abstand gehalten. Beide versuchten angestrengt den Kreis, den es um ihre Beine zog, zu durchbrechen. Erfolglos. Tigerfelina war eine Meisterin im Revier verteidigen. Sie schaffte es, gleichzeitig zu fauchen und zu schnurren. Das eifersüchtige, kleine Ding.

Nur die Geschuppte hatte das Fellkind durchgelassen. Sie kniete zu ihren Füßen. Züngelte ekstatisch. Blickte ihr tief in die Augen. Von Angesicht zu Angesicht. So hatte sie die

Halbirdische noch nie erlebt. Ihre eleganten Schuppenfinger hielten Hypsipyles Hände fest umschlossen. Ein Kompliment nach dem anderen kroch aus ihrem kreisrunden Schlangenmund. Die schwarzen Lippen waren ihr so nah. Die gespaltene Zunge berührte fast ihre Eigene.

Hypsipyle sang weiter. Mit offenen Augen. Ihr Gesang war mächtiger denn je. Er wirkte nun auf vielen Ebenen gleichzeitig und brachte Ordnung in das Chaos. Er beruhigte die nervös plappernden Baumgeister. Streichelte zärtlich das verschmuste Katzenmädchen, ohne Tabiti und Targitaos zu vernachlässigen. Flirtete exzessiv mit der erregten Bastardin. Und lockte den Krokodilelefanten, der am Waldrand aufgetaucht war.

Hypsipyle selbst schwebte im Zustand perfekter Harmonie. Ein Gefühl grenzenloser Gelassenheit umgab sie wie der Morgennebel auf den Hügeln ihrer ungeliebten Insel. Zum ersten Male thronte sie, ohne Blut zu vergießen.

9. Megatitanos lamberos

Mit Wehmut betrachtete der Krokodilelefant das lebendige Knäuel. Elegant lange Wimpern säumten seine Lieder, die wie das Maul einer Schnappschildkröte erneut zuklappten. Ihm fehlte jegliche Kraft, sie offen zu halten. Die gesamte sternklare Nacht über wachte er. Er wollte den anderen nahe sein. Sein grauer, müder Körper stützte sich an einem der Mammutbäume ab. Seit Stunden starrte er auf das verknotete Bündel Lebewesen, welches zu seinen Füßen lag. Der Gesang war längst verstummt. Aus dem Munde der Kleinen drangen verstörende Laute. Sie schmerzten in seinen Ohren. Aber er wollte nicht gehen.

Mit letzter Kraft öffnete der Krokodilelefant seine Augen aufs Neue. Die Kleine lag inmitten der anderen. Alle hatten sich an sie gekuschelt. Alle bis auf ihn. Er war zu groß. Stumm beobachtete er den Berg aus schlafenden Wesen. Die Sonne ging bereits auf. Er riss sein spitz zu laufendes Maul weit auf. Mitten im Gähnen hielt er inne.

Die Große ragte plötzlich wie eine Titanoboa aus dem lebenden Hügel empor. Da spürte der Krokodilelefant es auch. Seine Müdigkeit verflog im Nu. Seine Härchen stellten sich aufrecht. Kein Zweifel: Die Erde bebte.

I'a-R'et spürte den Erdstoß mit jeder Faser. Ihre Schuppen vibrierten. Augenblicklich schnellte sie in die Höhe. Die gespaltene Zunge hing ihr aus dem Mund. Ortete sensibel den Ursprung der Erschütterung. Ihre Schlangenaugen zuckten unruhig. Sahen, wie der dösende Krokodilelefant aufschreckte. Er hatte es ebenfalls wahrgenommen. Die Transfeline knurrte im Schlaf. Sie war mehr Katze denn je. Auch das Sichelkrallenmonster und das Monsterbaby erwachten.

Sie ließ ihre Zunge wieder im Mund verschwinden. Das war kein Erdbeben. Die Erde bebte arrhythmisch. Doch dieses Beben folgte einem Rhythmus.

Bomm-Bomm. Bomm-Bomm. Und wieder von vorne. Bomm-Bomm. Bomm-Bomm.

Was immer es war: Es kam näher!

Sie dachte an die zurückliegende Nacht. Wie wild die Amazone sie bestürmte. Wie leidenschaftlich. So dominant. Sie erlebte die schönste Nacht ihres Lebens. Schlief in den Armen eines Menschlings ein. Zärtlich gehalten. Ihr Blick glitt hinab zu ihren zitternden Schuppen. Die Vibrationen nahmen zu.

Bomm-Bomm. Bomm-Bomm. Bomm-Bomm. Bomm-Bomm.

Der Katzenmenschling knurrte erneut im Schlaf. Das Monsterbaby versteckte sich hinter dem Sichelkrallenmonster, welches sich schützend über seine Herrin stellte. Die schnarchte wie ein Bär. Hin und wieder wurde ihr ohrenbetäubendes Schnarchen von einem derben Grunzen unterbrochen. Sie beneidete ihren Lieblingsmenschling um dessen gesunden Schlaf.

Bomm-Bomm. Bomm-Bomm. Bomm-Bomm. Bomm-Bomm.

Das Zittern erfasste ihren Körper. Die ständigen Erschütterungen bereiteten ihr Schmerzen. Der Krokodilelefant begann zu tröten. Die Federkrone des Sichelkrallenmonsters stellte sich aufrecht. Aus dem Maul des Monsterbabys kam ein angstvolles Kreischen.

Bomm-Bomm. Bomm-Bomm. Bomm-Bomm. Bomm-Bomm.

Jetzt sah sie es auch. Am Horizont erschien ein wandelndes Gebirge. Ein Berg von einem Ungeheuer. Sein Hals wuchs in den Himmel. Monumental wie die Säulen des Poseidontempels, den die S'af zur Tarnung im T'lan-T'is errichteten, ragten seine Beine aus dem bulligen Leib. Sein Kopf hätte über den Tempel wie über eine Hecke hinweg geschaut. Der dornengespickte Hals ließ sie an die schlimmsten Albtraumbestien denken. Was für ein Untier! Ihr Magen zog sich zusammen. Instinktiv nahm sie eine Abwehrhaltung ein.

Bomm-Bomm. Bomm-Bomm. Bomm-Bomm. Bomm-Bomm.

»Es ist nicht die Zeit der Beunruhigung, da die Mitglieder der zur Gruppe der Titanosaurier gehörenden Spezies einem herbivoren Lebensstil frönen. Dieses an Seltenheit reiche Exemplar ist in Befindung eines Weges zu einem *Sequoiadendron giganteum*, in der Absicht der Stillung eines Hungers, der zu ihm gehört.«, piepste die Kinderstimme, die sich in Zeitreisefelina verbarg.

Das titanengleiche Monstrum war ein Pflanzenfresser und hatte es auf die Mammutbäume abgesehen, mit denen sie in der Nacht Freundschaft geschlossen und gefeiert hatten. Doch seine Beine ließen die Erde derart beben, dass I'a-R'et Schwierigkeiten hatte, das Gleichgewicht zu halten.

Bomm-Bomm. Bomm-Bomm. Bomm-Bomm. Bomm-Bomm.

Diese Welt bestand einzig aus Monstern!

Mit einem Schweinegrunzengähnen erwachte Hypsipyle aus tiefstem Schlaf. Sie spürte das Beben und das Wimmern. Als wäre sie ein Vogel mit einem gebrochenen Flügel, der verzweifelt versucht, sich in die Lüfte zu erheben, richtete sie sich auf.

»Oh weh! Sie schon wieder!«

»Wenn sie nur nicht so trampeln würde!«

»Und ihr klebriges Maul!«

»Ich hasse es, wenn ihre Zunge meine Zapfen einschleimt, bevor sie sie abreißt!«

Die Mammutbäume plapperten unruhig durcheinander. Schlaftrunken rieb sich Hypsipyle die Augen und schaute zu ihnen hinüber.

Da sah sie es! Eine Überriesenechse! Ohne Federn. Sie lief auf allen vieren. Anders als die Vogelechsen. Gigantisch wie die Große Sphinx. Wolkenartige Flecken, die die Farbe des Inneren einer Kerzenflamme besaßen, schimmerten auf dem massigen Körper wie auf einem von Rost zerfressenen, eisernen Topf. Hypsipyle wurde geblendet. Sie hielt sich schirmend die Hand vor die Augen. Zwischen den Fingern sah sie, wie sich der schildkrötengleich gedungene, winzige Kopf zu den Mammutbaumzapfen vorschob. Der Hals der Echse war dreimal so lang wie der einer Giraffe. Und mit einem wunderschönen Dornenkamm gesäumt. Das Stapfen der sich wie eine Geröllawine vorwärtsdrängenden Megaechse erschütterte die Erde heftig. Sie wurde durchgerüttelt. Verlor den Fokus. Fing sich wieder und schaute bewundernd zu ihr hinauf.

Was für ein faszinierendes Wesen!

Sein Rücken war breit genug, um eine Festung darauf zu errichten. Mit einem solchen Reittier würden die Amazonen ganze Reiche im Handstreich erobern. Stadtmauern wie Strohwände einreißen. Paläste in den Erdboden stampfen. Im Geiste stellte sie sich ihre Elite-Bogenschützinnen auf den breiten Knochenplatten vor, die schützend aus dem Oberkörper des Ungetüms ragten. Sie glänzten in der Farbe eines guten Weins. Die Rückenpanzerung des mächtigen Tieres war wie dafür geschaffen, ihre besten Kämpferinnen strategisch zu platzieren. Und erst sein mächtiger Schwanz! Mit einem einzigen Schlag konnte er nicht eine Phalanx, sondern gleich Dutzende auf einmal auslöschen.

Sie dachte wieder wie eine Kriegerin, bemerkte Hypsipyle, während sie ihre Arme streckte und sich von einem Gähnen erholte, das beinahe ihren Kiefer ausgerenkt hätte.

Dabei hatte sie in der letzten Nacht das Gegenteil erlebt. Sie hielt die Mischling in Armen, als sie einschlief. Nach der wildesten Liebesnacht ihres Lebens. Es war auch ihre Erste. Sie wurde begehrt! Zum ersten Mal. Und welche Freuden diese endlose, gespaltene Zunge ihr bereitete! In welche geheime Winkel sie vordrang! Glückseligkeit durchströmte sie bei dem Gedanken daran. Eine Ekstase hatte sie in der Nacht ergriffen. Durchdringender als jeder Blutrausch. Wilder als jedes Schlachtgetümmel. Leidenschaftlicher selbst als jene Mordlust, die über sie hereinbrach, als sie sah, wie Iason ihrer heimlichen Liebe an die Wäsche wollte.

Ein knurrendes Fauchen drang aus Tigerfelinas Katzenmäulchen. Die Kleine war zum Tier geworden. Hatte die Sprache der Menschen vergessen und verhielt sich wie eine nach Zärtlichkeit gierende Steppenkatze. Das galt nicht für die piepsige Stimme, die aus dem Menschenauge auf der pelzigen Stirn erklang. Die Dreiäugigkeit verwirrte Hypsipyle noch immer. Leider bewirkten die fehlerhaften Berechnungen der Augenstimme keinerlei Demut. Im Gegenteil: Ihre Klugscheißerei nahm zu. Wie ein missratenes Gör musste sie ihren unerwünschten Senf zu allem dazugeben. Wenigstens wussten sie jetzt, dass die Knollen schuld waren. Sie machten das Katzenmädchen zur Wildkatze und sie selbst zu einer Halbgöttin. In der Nacht war es nicht Artimpasa gewesen, die durch sie wirkte. Nein, sie allein besaß die Macht, alle zu bezaubern.

Felina Fleabuttocks fauchte derart laut im Schlaf, dass sie davon erwachte. Ihr war schummrig wie nach einer durchfeierten Nacht. Als hätte sie eine Überdosis verbotenes Endo-C geschluckt. Es fiel ihr schwer, sich zu fokussieren. Wo war sie? Warum ruckelte das so? Ein wilder Traum spukte durch ihre Erinnerung. Darin war sie kein Mensch, sondern eine Wildkatze gewesen. Die Amazonenkriegerin und die Mensch-S'af-Hybridin hatten sich um sie gekümmert wie zwei sorgende Mütter um ihr Kindchen. Doch zuvor waren sie übereinander hergefallen wie liebestrunkene Lesben nach ihrem Coming-out!

Was für ein seltsamer Traum, dachte sie, während sie sich mit ihrer nassen Hand das Gesicht wusch. Es hatte sich so gut angefühlt. Als wäre sie Teil einer Familie. Geliebt. Ernst genommen. Umsorgt. Nicht vernachlässigt. Verstoßen. Herumgereicht. Bestraft.

Wieder wurde sie durchgerüttelt. Sie versuchte, sich aufzusetzen, und fiel auf alle viere. Die Erde bebte.

›Willkommen zurück! Da haben wir aber ein wildes *Felis silvestris*-Abenteuer erlebt in der letzten Nacht!‹, flötete Agyas Nervstimmchen in ihrem Geist.

›Wir sollten unsere Aufmerksamkeit jetzt auf unseren Besuch lenken: ein ebenso seltenes wie unübersehbares Exemplar der größten bekannten Titanosaurus-Spezies. Es wurde noch nie während einer Zeitreiseexpedition gesichtet!‹

Felina Fleabuttocks schaute auf und ihre Katzenaugen sahen den prächtigsten Sauropoden, den je ein Mensch erblickt hatte. Nicht mal eine preiseüberhäufte Lead-Designerin der Altered Reality Survival Games hätte ein derart vollkommenes Geschöpf kreieren können.

Nature rocks!, schnurrte sie.

›Es ist ein *Megatitanos lamberos*-Weibchen. Seine Existenz wurde erst Mitte des 21. Jahrhunderts bestätigt. Seine Länge beträgt mit 48 Metern und 84 Zentimetern das 1,32-fache des *Patagotitan mayorum*.‹

Im Schatten der dorsalen Panzerung, die aus ein Meter 93 Zentimeter großen, nach vorne spitz zulaufenden Knochenplatten bestand, entdeckten Felina Fleabuttocks technologisch perfektionierte Augen eine anatomische Sensation! Die Flecken unterhalb der horizontal abstehenden Osteoderme besaßen biolumineszierende Eigenschaften. Sie blendeten und verwirrten mögliche Fressfeinde. Auch die amargasaurusähnlichen Nackenstacheln, die seinen acht Meter und 67 Zentimeter langen Hals schmückten, mussten der Verteidigung dienen. Dieser Sauropode hätte nicht einmal den von der S'af-Mensch-Hybridin verwandelten 17 Meter und 35 Zentimeter messenden *Spinosaurus aegyptiacus* fürchten müssen.

Sie konnte ihre Augen nicht mehr von diesem Meisterwerk der Natur lassen. Strahlend vor Glück scannte sie jeden Nanometer des Titanen.

»Bäumeriesen gejammert als Kind. Nicht gemocht Schleimzunge auf Echse groß als Berg«, erklärte ihr Lieblingsmenschling die Befindlichkeiten der Mammutbäume seiner neu gewonnenen Familie.

»Wir sollten ihnen helfen. Sie haben uns auch geholfen! Ich könnte die Monsterechse in ein harmloses Kriechtier falten ...«, züngelte I'a-R'et ebenso empathisch wie begeistert.

Sie warf ihrer Menschlingsfreundin einen liebevollen Blick zu. Die Riesenbäume hatten ihnen den Aufenthaltsort der Zeitreiseexkursion verraten. Sie gehörten zu einer hoch entwickelten Spezies, die von den Technik vergötternden Menschlingen jahrtausendelang unterschätzt wurde. Durch ihre symbiotische Lebensweise waren ihre Wurzeln in der Lage sich mittels Pilzgeflechten mit anderen Mammutbäumen in Hunderten Kilometern Entfernung auszutauschen. Die Baumriesen und ihre Symbionten bildeten ein kontinentübergreifendes Netzwerk. Sie konnten ihnen nicht nur den derzeitigen Ort nennen, sondern auch die Richtung, in der sich die Gruppe bewegte.

»Verwandlung auf Tier nicht sind gut. Gemacht Seele kaputt! Sein Strafe grausam mehr wie Tod!«

Die Amazone erwiderte den zärtlichen Blick und zeigte mit ihrem rechten Zeigefinger auf den Krokodilelefanten, der Teil ihrer Gruppe geworden war. Nein, jetzt noch ein traumatisiertes Sauriermonster, das ihnen am Hacken klebte, war wirklich keine gute Idee.

»Einverstanden, du bist die Expertin in solchen Fragen!«

I'a-R'ets Schlangenaugen schauten ihre Geliebte stolz an. Erleichterung bildete sich in ihnen ab. Es war kein Traum gewesen: Sie waren ein Liebespaar.

»Angesichts des Nicht-Vorhandenseins von Baumwipfel bewohnenden Säugern in dieser Periode des Mesozoikums, nimmt die Bedeutung der Titanosaurier zur Erreichung der Fortpflanzung und Verbreitung der *Sequoiadendron giganteum*-Spezies einen Stellenwert im Zentrum ein. Das Nicht-Eingreifen in diesen zur Natur gehörenden Zyklus empfiehlt sich darüber hinaus aus Gründen, deren Quantität die Anzahl der Nadeln dieser Bäume übertrifft!«, maunzte ein mit geweiteten Augen auf das Riesenmonster starrendes Pelzknäuel.

Als hätte er die Worte verstanden, umschloss die Zunge des Titanen einen Mammutbaumzapfen und riss ihn so brutal ab, dass drei weitere Zapfen zu Boden fielen.

»Tigerfelina wieder Mensch sind!«, rief ihre Amazonenereroberung erfreut aus, während sie zärtlich das Fellkinn des Katzenmädchens kraulte.

»Die Umnachtung des abendlichen Gesterns, die zu mir gehört, hat einen Abschied verkündet!«, schnurrte die Transfeline und hob dabei ihr Kinn leicht an, um das Gekraultwerden gänzlich zu genießen.

Das Pelzknäuel richtete sich auf. Mit großen Katzenaugen blickte es I'a-R'et direkt an.

»Neugierigkeit erfasst mich über die Manipulation von Naturgesetzen, die zu dir gehört!«, miaute es.

I'a-R'et grinste. Der Katzenmenschling hatte die Sprache wieder gefunden. Hoffentlich dauerhaft. Sie bemühte sich sehr, nicht arrogant zu klingen, als sie erklärte:

»Es gibt keine Naturgesetze. Jedenfalls nicht in dem Sinne, wie sie von Menschlingen, die nur drei Dimensionen wahrnehmen können, verstanden werden. Wäre dem so, wäre Hypsi im Maul eines Riesenkrokodils verschwunden. Aber sie konnte es zähmen. Sie ist eine von den höher entwickelten Menschlingen. Jenen, die bereits eine vage Vorstellung von der Faltigkeit des Universums besitzen, Felinchen!«

Die derart herzlich Angesprochene schnurrte laut, kroch einige Meter voran und rieb ihr pelziges Köpfchen an I'a-R'ets schuppigem Unterschenkel. Auch ihre Amazonenliebste kam näher und legte ihren muskulösen Arm besitzergreifend um ihre Hüfte, während sie sie stolz anlächelte. Hypsi genannt zu werden, nahm sie mit Wohlwollen auf.

»Hypsi Entwicklung stark!«, grunzte sie bestätigend.

Wenn es um sie selbst ging, wurde der Verstand der Amazonenkönigin scharf wie die Klingen ihrer Doppelaxt. Sie verstand jedes Wort, schmunzelte I'a-R'et.

Begeistert von dem neuen Kosenamen 'Felinchen', offenbarte Zeitreisefelina ihnen, wie sehr sie ihren demütigenden Gefängnisnamen und damit auch die abgewandelte Form 'Floharschfelina' hasste. Jetzt, da sie endlich frei sei, hieße sie nicht mehr Fleabuttocks, sondern Freedgrrl.

»Name gut!«, erklärte ihre Liebste im mütterlich bestätigenden Ton.

»Die Faltigkeit, die zum Universum gehört, bezieht sich auf ein Thema, welches die Erweckung eines an Dimensionen reichen Interesses, welches zu mir gehört, zur Folge hat.«, maunzte das Katzenmädchen, während es sich auf den Rücken rollte, als wolle es den beiden zum Muttersatz Auserwählten seinen ungeschützten Fellbauch entgegenstrecken.

»Es ist nicht möglich, die Faltigkeit des Universums allein mit dem Verstand zu erfassen. Du musst sie fühlen! Wenn wir dieses Abenteuer überstanden haben, werde ich dir zeigen, wie das geht, Felinchen!«, züngelte I'a-R'et.

Die Ankündigung, dass sie auch nach der Rückkehr in die Zukunft nicht verlassen werden würde, ließ die Augen der Transfelinen wie eine Supernova strahlen.

Ein kräftiger Erdstoß riss Hypsipyle von den Beinen. Da sie das Kunststück vollbrachte, gleichzeitig das Katzenkind zu kraulen und ihren Arm um die Hüften ihrer Geliebten geschlungen zu halten, zog sie beide mit hinab. Ein kurzes Fauchen drang aus dem Mund des unter ihrem Leib begrabenen Fellknäuels, während es weiterhin unanständig laut schnurrte.

Verwundert ließen alle drei ihre Blicke zu dem Titanosaurier wandern. Dieser hatte sich offenbar auf seine Hinterbeine gestellt, um besser an die obersten Zapfen zu gelangen, nur um wenige Sekunden später seinen massigen Körper nach unten fallen zu lassen.

»Ah, ich kriege noch eine Wurzelerschütterung!«

»Wie das ruckelt!«

»Bei mir ist alles voller Schleim!«

»Ich sehe aus wie eines dieser Dreihorntiere, die sich im Schlamm wälzen!«

Die beiden hatten so ein Glück, dass sie das Gejammer der Baumriesen nicht anhören mussten, dachte Hypsipyle. Sie richtete sich auf und reichte ihrer Sternenbraut galant die Hand, um ihr das Aufstehen zu erleichtern. Doch ihre Liebste wand sich geschmeidig in die Höhe und benötigte keine Hilfe. Hypsipyle war sichtlich beeindruckt von ihrer Eleganz. Sie hätte ihren Bewegungen stundenlang zuschauen können. Aber jetzt musste sie sich um die Plappermäuler kümmern.

Ohne ihre Augen zu verdrehen, stimmte sie einen Gesang an. Sie brauchte Artimpasa nicht mehr rufen. Sie verstand die Falten dieses Universumdings, von dem ihre von den Sternen kommende Eroberung ständig sprach. Ihre Glockenstimme hallte durch den Wald. Der Titan ließ von den Zapfen der Mammutbäume ab. Die Langsamkeit eines in Gedanken versunkenen Faultiers zelebrierend, drehte er seinen Schildkrötenkopf in ihre Richtung. Der nicht enden wollende Dornenhals schob ihn an sie heran. Er war nur noch wenige Meter von ihr entfernt.

Ihr Gesang handelte von einem ebenso gewaltigen wie traurigen Elefanten, der einsam durch die Steppen zog. Er beherrschte seinen massiven Körper nicht und terrorisierte damit seine Umwelt. Bis er seinen Körper annahm und lernte, sich selbst und seine Umgebung zu achten. Damit schloss er viele Freundschaften und war nicht mehr traurig.

Zustimmend trompetete der Krokodilelefant, der sich nicht länger versteckte und, einen Sicherheitsabstand wahrend, Teil ihrer Gruppe geworden war. Hypsipyle hatte ihn willkommen geheißen und Sobek getauft.

Vorsichtig, als würde sie auf rohen Dinosauriereiern laufen, kroch die Titanenechse näher. Es rumpelte nur wenig. Sie stampfte nicht mehr. Ihr stacheliger Dreigiraffenhals beugte sich zu Hypsipyle hinab. Mit Augen in der Farbe überreifer Pflaumen starrte die Riesenechse die Sängerin an. Speichel floss gleich einem Wasserfall aus ihrem Maul. Hypsipyle sah, wie ihre Geliebte eine Abwehrstellung einnahm. Jederzeit bereit sie mit ihrer Sternensprache zu beschützen. Auch Tabiti hüpfte mit aufgestellter Federkrone heran.

Doch dies war nicht nötig. Ein zufriedenes Grinsen schlich sich in das Schildkrötengesicht. Den Kopf gemächlich in die Höhe hebend, wandte sich das titanische Tier wieder seinem Frühstück zu. Doch diesmal umschloss seine Zunge behutsam die Mammutbaumzapfen.

»Ah, viel besser!«

»Es kitzelt ein bisschen!«

»Ich find's gut!«

»Aber schleimig ist es immer noch!«

Instinktiv erkannte der Krokodilelefant die Bedeutung des Gesangs. Er posaunte unbewusst vor Freude. Es war eine Einladung! Der Gesang handelte von ihm. Er war vorsichtig gewesen. Hatte sich mit seinem neuen, unförmigen Körper arrangiert. Er durfte Teil der Herde werden. Er würde Freundschaften schließen. Nie wieder allein durch die Welt wandern. Nicht mehr traurig sein. Und ständig würde er die Stimme genießen. Die, die er schon kannte, als er noch Herrscher des Flusses war. Ihren Klang wollte er nicht mehr missen. Nie mehr. Er würde alles für die Stimme tun. Wirklich alles.

10. Nur-Shala

»Wir töten keine Kinder!«, fauchte das Katzenmädchen mit einer Bestimmtheit, die Hypsipyle noch nie an ihm erlebt hatte.

Fast hätte es sie in ihre Hand gebissen, mit der sie es unter dem Kinn kraulte. Zutiefst beeindruckt zog sie sie zurück. Seit einer halben Stunde druckste es herum, während sie den Plan das Zeitreiseding in die Hände zu bekommen, diskutierten.

Es gab faustdicke Schwarzbeeren zum Frühstück. Ihre Sternenbraut war außerordentlich gut darin, Früchte und Gemüse im Wald zu finden. Zuvor war Tabiti mehrmals losgezogen. Sie brachte entengroße Vogelechsen, die mit ihrem schwarz glänzenden Gefieder aussahen wie eine Kreuzung aus Borstenrabe und Höckerechse. Doch kaum waren die Viecher gerupft, musste Hypsipyle sie Tabiti und Targitaos überlassen. Als sie ein Feuer entzündete, um die Echsen zu braten, beschwerten sich die Baumgeister über den Rauch. Also aßen sie Früchte. Kein geröstetes Vogelechsenfleisch. Die Flora war vollkommen verweichlicht, stellte Hypsipyle genervt fest. Ihr ständiges Plappern brachte sie auf die Palme. Nur Beeren im Magen! Und Stimmen im Kopf! Die beste Voraussetzung für eine schwierige Diskussion.

Tigerfelina hatte mehrfach darauf bestanden, dass kein Mensch getötet wird. Auch nicht gefoltert. Nicht einmal verletzt. Hypsipyle brummte. Das waren doch Kriminelle!

Als sie den Kompromiss vorgeschlagen hatte, ihnen zumindest die Hände abzuhacken, damit sie sich nicht wehren konnten, lehnte das Kätzchen auch dies ab. Hypsipyle war fest davon überzeugt gewesen, dass das Morden bereits eine beschlossene Sache sei. Sie hielt das Murren aus dem Katzenmaul bei der erstmaligen Vorstellung des Plans für eine Zustimmung. Hypsipyle reagierte mit Trotz. Sie stemmte beide Arme in die Hüften. Mit fester Stimme erklärte sie den einzigen Weg, dem Kerkermeister Respekt abzuringen: das Töten der Kriminellen. Nur dadurch würde er das Zeitreiseding freiwillig herausrücken. Sie schnaubte, als sie ihre Wutrede beendet hatte. Das wäre ja noch schöner, wenn sie sich von allen Weichlingen auf der Nase rumtanzen ließen.

Und jetzt das! Das Katzenmädchen konterte wie eine Kriegerin! Es musste nur richtig gereizt werden. Die Grundlage war gelegt. Bald schon, war sich Hypsipyle sicher, würde aus dem schüchternen Kätzchen eine wehrhafte Katzenkriegerin werden. Ihr ging es augenblicklich besser.

»Wieso Kinder? Wie alt bist du, Felinchen?«, fragte ihre Sternenprinzessin sanftmütig.

»Das Alter einer 16-Jährigen gehört zu meiner Person. Das Gefängnissystem, das zu meiner Zeit gehört, ist begründet in einem Netzwerk von Institutionen. Die Funktion, die zu diesen gehört, beinhaltet das Vorhandensein als Orte der Heilung für der Norm nicht entsprechende Menschen mit einem Eintrittsalter von acht Jahren.«, schluchzte es.

»Was sein Norm nicht gesprochen?«

Ihre Geliebte strich ihr sanft mit ihren Schuppenfingern durch das wuschelige Haar, während sie ihr ins Ohr säuselte: »Menschlinge wie du, Liebes. Auch Wesen wie ich. Wir alle widersprechen der Norm! Wir müssen diese Kinder retten, nicht töten!«

Tigerfelina erklärte ihnen das Brutmuttersystem des 22. Jahrhunderts. Jedes Kind wurde von einer Mutter, die kein Mensch, sondern ein Werkzeug war, aufgezogen. Diese Werkzeugmütter waren so nervig wie das nörgelnde Auge auf ihrer Stirn. Sie trugen Sorge, dass alle Menschen gleich wurden. Sie nannten es Konformität. Hypsipyles Augen weiteten sich vor Entsetzen. Alle Menschen sollten dieselben sein. Wie schlimm! Sie spuckte angewidert auf den Boden. In manchen Fällen versagte die Brutmutter. Diese Kinder waren anders. Nicht konform. Sie funktionierten nicht. Besaßen ihren eigenen Kopf. Und wurden in die Heilzentren verfrachtet. Aber auch dort erlangten die meisten nicht die geforderte Konformität. Trotz Hunderter Strafen. Hypsipyle schüttelte angewidert den Kopf. Kinder derart quälen! Das ging überhaupt nicht! Wenn sie diese Werkzeugmütter in die Hände bekäme, sie würde …

Das Blut schoss ihr in den Kopf. Ihre Augen verengten sich. Sie stapfte zweimal mit ihrem rechten Fuß auf. Beherrschung war jetzt alles. Sie musste den Wutanfall stoppen. Musste nachdenken. Das war schwierig genug. Denn das Plappern der Flora störte ihre Konzentration. Ohne Unterlass und vor allem ungefragt erzählten ihr die Baumgeister Geschichten von vergangenen Zeiten, als wären sie ein Haufen alter, griechischer Wasserweintrinker, die vom Peloponnesischen Krieg fabulierten. Eine Furche des Zorns teilte ihre Stirn. Sie ballte ihre Hände zu Fäusten. Wohin mit all der Wut? Wohin?

Ein verzweifelt-wütendes »Grrrmpf!« drang von ihren Lippen. Die anderen schauten sie teils besorgt, teils mitfühlend an. In letzter Sekunde gelang es ihr, den Wutausbruch zu bändigen. Da erst bemerkte sie, dass sie den Griff ihrer Doppelaxt mit beiden Händen fest umklammert hielt. Verstohlen schaute sie sich um. Legte die Axt sachte zu Boden.

»Wir gemacht tot Person machen Kinderquälerei! Wir gemacht Befreiung durch Kinder und geraubt Ding machen Reise auf Zeit. Wir gemeinsam von Kinder gemacht Reise auf Zeit durch Land von Morgen. Alle glücklich!«.

Hypsipyles Augen huschten vor Stolz über die gelungene Unterdrückung des Wutausbruchs sowie ihren eiligst ausgetüftelten Plan von einer Seite zur anderen. Sie kuschelte sich an ihre Lieblingsmischling. Bemerkte, wie die zu ihren Füßen eingerollte Tigerfelina hörbar aufatmete.

»Die Qualität des Wohlbefindens der Führungspersönlichkeit bleibt ein der Diskussion würdiges Thema.«, maunzte sie.

Gleichzeitig quengelte die Nervstimme aus ihrem dritten Auge: »Die Verwendung der Zeitreisemechanik ohne Befugnis wird als Regelbruch der Kategorie Omega-20-Plus qualifiziert. Das Erfordern der Unterlassung dieser Verhaltensweise ist unbedingt!«

»Kannst du diesen Technikmist nicht einfach abschalten, Felinchen?«, sprach ihre Eroberung laut aus, was Hypsipyle schon eine Weile dachte.

Erst die Plappermäuler und jetzt auch noch das Klugscheißerchen!

»Die allen zur Menschheit gehörenden Lebewesen bei der Geburt eingepflanzte, transhumane Extensionseinheit ist mit der Funktion von Organen synchronisiert, die eine Wichtigkeit für das Andauern der Lebensfähigkeit besitzen. Ihre Entfernung würde der Lebendigkeit, die zu mir gehört, ein Ultimatum, welches keine Brücken kennt, stellen. Die Möglichkeit einer Reduzierung der Lautstärke auf den Faktor 0.01 ist eine der in Erwägung zu ziehenden Optionen, um der Familie, die zu mir gehört, die Gewährung des Schutzes vor der Penetranz zu realisieren.«

Auf ihrem Fellgesicht erschien ein Grinsen endlos wie der Horizont.

»Das wäre entzückend, Felinchen!«

An Hypsipyle gewandt, hauchte die Halbirdische: »… sie kann die Stimme nicht abstellen ohne ihr Leben zu gefährden, aber sie wird sie uns zuliebe leise stellen. Wir werden sie nicht mehr hören!«

»Artimpasa sei Dank!«, seufzte diese zufrieden.

»In Bezug auf die Komplementierung des Plans zur Rückkehr in die ins Visier genommene Zeitperiode, macht sich ein Hindernis auf dem Weg zur Vollendung breit. Im Gegensatz zu meiner Person haben die Teilnehmenden einer Exkursion die Schutzfunktion, die zum Zeitreisekonsortium gehört, in Permanenz aktiviert!«, miaute das Katzenmädchen, während es seinen Kopf wieder in den Schoß von Hypsipyle legte.

»Hä?«

»Wie können wir sie denn finden, wenn wir sie nicht einmal sehen können, Felinchen?«

»Was nicht gesehen?«

»Die in Erwähnung gebrachte Schutzfunktion besitzt ihre Wirkmächtigkeit nur außerhalb des vertraglich zum Zeitreisekonsortium gehörenden Bezugsgruppenkreises.«

»Hä?«

»Felinchen meint, dass nur sie die anderen wahrnehmen kann, Hypsi!«, zärtlich fuhr ihr ihre Geliebte mit den Schlangenfingern über die breite Narbe, die ihre rechte Wange schmückte.

Eine Erinnerung an Atalante. Die einzige Argonautin hatte gekämpft wie eine Löwin. Mit ihrem rostigen Schwert. Als sie ihren Vater Iason entblößt und verblutend im Staub liegen sah, die Reste seines Gemächtes wie Schweinefutter im Dreck verstreut, brach sie zusammen. Hypsipyle hätte sie mit einem Schlag enthaupten können. Es fühlte sich nicht richtig an. Sie schickte sie zurück, damit sie allen von ihrer Heldinnentat berichten konnte. Doch das von Schuldgefühlen geplagte Miststück rächte sich, in dem es Lügengeschichten verbreitete. Keine dieser Lügen traf Hypsipyle so, wie jene, derzufolge Iason sie im Sturm erobert und geheiratet hätte. Was für ein Seefrauengarn! Das wollte sie ihr nie verzeihen. Bis heute. Doch jetzt dachte sie anders. Sie wurde geliebt. Begehrt. Die Demütigungen der Vergangenheit. Sie flogen dahin. Wie welkes Laub in einem Herbststurm.

»Sie können uns doch hören, oder? Was, wenn Hypsi sie mit ihrem Gesang betört, nachdem du sie geortet hast, Felinchen?«

»Gesang nicht Wirkung zu Mensch! Allein zu Getier, Pflanzerei und …«, in Hypsipyles Gesicht wurde wieder die Anstrengung des Denkens sichtbar.

»… Anders-Menschen!«, triumphierte sie vergnügt.

Sie spreizte die Finger ihrer Hand und ließ sie durch das weiche Fell des Katzenmädchens gleiten. Schließlich schloss sie sie wieder und strich mit dem Handrücken zärtlich über die Schuppen ihrer Schlangenfreundin.

Nachdem sie ihrer von Artimpasa verliehenen Macht gewahr wurde, hatte sie versucht auch Menschen mit ihrer

Singstimme zu beeinflussen. Ihre Mutter. Ihre heimliche Liebe. Einmal sogar auf dem Schlachtfeld, als sie des Kämpfens müde war. Aber Artimpasa war die Herrin der Tiere und Pflanzen, nicht der Menschen. Menschen fanden ihren Gesang nicht einmal schön! Ihre Mutter meinte, sie solle aufhören mit diesem Quietschen, als sie es zum ersten Male bei ihr versucht hatte. Hätte sie gewusst, dass ihr Gesang auch bei der Teufelsbrut des T'lan-T'is Wirkung zeigt, sie hätte die legendäre Stadt im Handstreich erobern können. Kein einziger Tropfen Blut wäre geflossen. Aber dann wäre sie nicht ins Vogelechsenland gereist. Hätte nicht die Liebe ihres Lebens getroffen. Alles war gut, wie es ist!

Nachdenklich blickte Hypsipyle in die Wipfel der Baumriesen. Das Sonnenlicht prasselte durch sie hindurch wie ein Kristallregen. Sie genoss den Anblick, wie sie jede Sekunde die Anwesenheit ihrer neuen Familie genoss. Die innere Leere, die sie auf die Schlachtfelder trieb, auf denen sie nicht gefüllt werden konnte, nahm ab. Sie besaß jetzt eine Familie. Sogar eine Tochter! Als sie an Tigerfelina dachte, brodelten düstere Gedanken an die gequälten Kinder in ihr auf wie die nach oben drängende Lava im Schlund eines Vulkans. Welche Ungerechtigkeit! Kinder derart zu misshandeln. Die zurückkehrende Wut trübte zwar ihre Glückseligkeit. Aber sie brauchte sie. Sie durfte nicht weich werden. Sie musste die Kinder retten!

»Ist es dir möglich, die Nichtwahrnehmbarkeitsfunktion der Führungspersönlichkeit zu deaktivieren?«, spielte ihre Sternenfreundin auf Tigerfelinas technisches Können an.

Hypsipyle drehte den Kopf. Dankbar für die Ablenkung. Jetzt nur kein Wutausbruch. Ein erregtes, moskitogleiches Summen erklang aus dem Fellgesicht des Katzenmädchens, blieb aber dank der gedämpften Lautstärke unverständlich.

»Diese Möglichkeit gehört zu den in Erwägung zu ziehenden Optionen. Ihre Durchführung bedingt das Erfordern des Einsatzes einer an Signifikanz reichen Menge von Geschick!«, murrte die Transfeline, die angestrengt versuchte, sich in Hypsipyles engem Schoss zusammenzurollen.

»Du schaffst das schon, Felinchen!«, bestärkte, die ebenfalls in ihrer neuen Mutterrolle aufgehende Geschuppte, das Fellkindchen.

Morgennebel wallte auf. Die schattige Kühle des Mammutbaumwaldes ließ das Trio samt Gefolge zügig vorankommen. Die Baumriesen wiesen ihnen nicht nur den Weg. Sie warnten sie auch vor etwaigen Raubtieren und Nestverteidigern. Kämpfen war nicht nötig. Nur ein einziges Mal erblickten sie einen grün-braun gefiederten Riesen, der sich an einem Waldsee zum Trinken nach vorne beugte. Der fünf Meter und 13 Zentimeter hohe und acht Meter und 33 Zentimeter lange *Therizinosaurus cheloniformis* glich mit seinen

97 Zentimeter messenden Sensenklauen einer Albtraumkreuzung aus Kasuar, Helmbasilisk und Wolverine. Er war ein harmloser Herbivore, der sie nicht weiter beachtete. Die Mammutbäume hatten ihn nicht als Gefahr eingestuft. Die Amazone jedoch war völlig aus dem Häuschen. Nur mit Mühe konnte sie davon abgehalten werden, ihn zu zähmen. Woraufhin sie ausgesprochen übellaunig wurde. In düsteren Bildern schilderte sie, wie hilfreich die Klauen bei der Befreiung der Kinder wären. Wie sie den Endgegner in Sekunden in Stücke reißen würden. Welch mächtiges Streitross der gefiederte Riese abgeben würde. Felina Freedgrrl blickte mit Sorge auf die Amazonenkönigin. Etwas ging in ihr vor. Schon eine ganze Weile. Etwas, was sie unruhig werden ließ. Sie wirkte gereizt. Hielt Monologe über die Unruhe, die die Kriegerin vor der entscheidenden Schlacht erfasst. Gleichzeitig fluchte sie in derben Worten über die Anwesenheit der redseligen Vielstimmigkeit des ununterbrochen schnatternden Rotholzes. Felina Freedgrrl stellte sich das Innere des Kopfes ihrer neu gewonnenen Amazonenmutter wie einen mit hundert Agyas gefüllten Bienenstock vor.

›Wären wir nicht mit einer Gefühlsneutralität programmiert worden, hätten wir jetzt jeden Grund verletzt zu sein. Mit der sinnlos dahin plappernden Flora verglichen zu werden! Tss!‹, verwandelte ihr hauseigenes Nervstimmchen ihr Selbstgespräch in einen Dialog.

›Wenn ich könnte, würde ich dich abstellen, Agya!‹, blaffte die Fellhäutige.

Ihr Selbstbewusstsein wuchs durch das Übermaß an bestärkender Aufmerksamkeit, welches sie in den letzten Stunden erfahren hatte, zu einem mächtigen Säbelzahntiger heran. Felina Freedgrrl fasste den Entschluss, mit ihren Müttern gemeinsam in die Freiheit zu ziehen, nachdem sie die Menschheit vor dem Untergang bewahrt hatte. Sie wollte nicht mehr Teil des Systems sein. Nicht mehr determiniert. Kontrolliert. Überwacht. Bestraft.

›Nur für das Protokoll: Das Betreten der weißen Zonen stellt einen Regelverstoß der Klasse Alpha-Mega-75 dar. Wir wissen: Dieser Plan wird nicht funktionieren. Nach unserer Rückkehr wird die integrierte Datenbank ausgelesen und alle unsere Vergehen inklusive der zahlreichen, häretischen Gedanken werden geprüft und mit den entsprechenden Sanktionsparametern abgeglichen. Darüber hinaus bieten die bei der Ankunft unmittelbar sichtbar werdenden Regelverstöße, Anlass genug, uns direkt in den Kreislauf der Heilzentrumswirtschaft zu verfrachten. Das unbefugte Benutzen der Zeitreisemechanik und das Überführen von Lebewesen, die eine chronologische Anomalie darstellen, gehören zu den schwerwiegendsten. Ihre Gesamtheit summiert sich auf 73 Regelverstöße! Wir werden den Rest unseres Lebens in den Heilzentren verbringen!‹

Ihr neu gefundenes Selbstvertrauen gab ihr die Kraft, die Bubblestimme ihrer transhumanen Kontrolleinheit noch leichter zu ignorieren als sonst. Sie hatte Mütter! Echte Mütter! Aus Fleisch und Blut!

Während sie inmitten der neu geformten Herde, ihrer Familie, durch den Wald lief, stellte sie sich vor, wie die anderen starren würden, wenn sie ihre Mütter präsentierte. Keine hatte eine lebende Mutter! Und sie hatte zwei! Wie sie gefeiert werden würde!

Etwas raschelte im Dickicht. Mit einem Satz sprang Felina Freedgrrl hinterher. Landete auf allen vieren in einem *Weichselia*-Busch. Was immer da gewesen war, entkam.

Die Amazonenkönigin, die auf dem *Deinonychus antirrhopus* saß und voran ritt, hielt an. Drehte sich abrupt nach ihr um. Auch die Hybridin blieb stehen und wandte sich ihr zu. Als sie beschämt den Blick abwandte, erkannte sie, dass das T-Rex-Baby und der Krokodilelefant sie ebenfalls verwundert anstarrten.

Sie rappelte sich auf. Trat zögernd aus dem Gebüsch hervor. Zuckte mit den Schultern. Spielte den anderen eine Gleichmütigkeit vor. Doch es war ihr peinlich, derart im Mittelpunkt zu stehen. Noch peinlicher war es, den Jagdinstinkt nicht mehr unter Kontrolle zu haben.

Ihre Katzenaugen strahlten und schienen zu sagen: »Alles gut! Nichts passiert! Weitergehen!«.

Felina Freedgrrl reihte sich erneut ein. Wartete, bis der Trott sich wieder in Bewegung setzte.

Ihre beiden Mütter lächelten sie an. Doch ihren technologisch perfektionierten Augen entging nicht, wie sich beide heimlich besorgte Blicke zu warfen. Ein sanftes Schnurren umhüllte sie wie ein edles Tuch. So also war es, Mütter zu haben.

»Existiert Kriegsführung als Charakteristikum der Menschheit, der ein Äquivalent fehlt im Raum, der zum Universum gehört?«

I'a-R'et saß im Schneidersitz am Rande des Waldes an einen Baum gelehnt. Ihre Schlangenfinger streichelten entspannt das Fellknäuel, das es sich in ihrem Schoß gemütlich gemacht hatte und einer Armbrust gleich eine Frage nach der nächsten abfeuerte. Das sichere Territorium des Waldes endete hier. Vor ihnen breitete sich eine Ebene mit hohem Farn aus. Das Jagdrevier von Rudeln gefährlicher Raubsaurier, wie die Bäume ihnen versicherten. Ihre Geliebte hatte beschlossen, mit dem Sichelkrallenmonster eine sichere Passage auszukundschaften. Währenddessen harrten sie beide mit dem Monsterbaby und dem zu einem Elefanten gefalteten Kreidezeitkrokodil im Schutz der Bäume aus. Hypsi glich mehr und mehr einem Pulverfass mit millimeterkurzer Lunte. Sie brauchte Zeit für sich. Musste sich austoben. I'a-R'et bemerkte noch einen anderen Grund für die übereilte Flucht ihrer Geliebten. Sie fürchtete, ihren Liebsten etwas anzutun, wenn sie in einen Wutrausch geriet. Da war so viel Mitgefühl in ihren leicht wässrigen Mandelaugen, als sie sich zum Abschied küssten.

»Eine gute Frage, Felinchen! Ich muss gestehen, ich kenne mich in Vergleichender Xenospezieologie nicht aus. Mein Wissen über die Geschichte der intelligenten Spezies im Weltall beschränkt sich auf die S'af – und natürlich die Menschlinge. Ich vermute, dass das Führen von Kriegen ein Symptom der frühen Entwicklungsstadien der Mehrzahl der intelligenten Spezies im Universum ist. Warum die Menschlingsheit im Gegensatz zu den S'af dieses jahrtausendelang nicht überwinden konnte, ist Teil des Rätsels, welches die S'af untersuchen.«

Verunsichert, weil seine federlose Herrin und seine gefiederte Beschützerin es verlassen hatten, suchte das Monsterbaby zwischen den Beinen des Krokodilelefanten ein Versteck. Der graue Riese ließ es gewähren und stand still wie ein Monument, während er wachsam die Umgebung sondierte.

»Kriegsführung ist ein Element der Historie, die zu den S'af gehört?«

Die Transfeline schaute sie mit ihren unwiderstehlichen Katzenaugen an. Ein unverständliches Summen erklang aus ihrem Kopf, verschwand aber so plötzlich, wie es gekommen war.

»Es gab eine frühe Entwicklungsphase der S'af, ähnlich der neolithischen der Menschlingsheit, in der ein gefährliches Halbwissen über die Faltigkeit des Universums in einigen S'af-Linien vorherrschte. Eine dieser Gruppierungen versuchte ihre Kenntnisse zu ihrem eigenen Vorteil und zum Nachteil aller anderen Gemeinschaften zu nutzen. Das Ergebnis war eine kriegsähnliche Phase, die aber weniger als ein Jahrhundert eurer Zeitrechnung andauerte und von der sich die S'afheit schnell erholte. Nur eine Fußnote der ewigen Geschichte der S'af. Was nicht heißt, dass negative Eigenschaften im Gemeinwesen der S'af nicht existieren.«

I'a-R'ets Stirn lag in Falten. Sie erinnerte sich an die fortwährenden Gemeinheiten ihrer Geschwister, denen sie ihr ganzes Leben lang ausgesetzt war.

»Aber das Wohl der Gemeinschaft gefährdende und die Lebensgrundlagen auslöschende Handlungen sind seither unterblieben. Jedes einzelne Mitglied der Spezies, in all den unterschiedlichen Ausformungen und Fraktionen, ist sich bewusst, wie unendlich dumm ein solches Verhalten wäre.«

Als könne es Gedankenlesen, fragte das laut schnurrende Fellknäuel sie nach ihrer Verwandtschaft.

»Ich habe 16 Geschwister. Sie sind alle gleichzeitig als S'af geschlüpft. Und sie haben alle bereits die Weihe des Dritten Nestes der Hohen Biegung erhalten.«

»Der Genpool, der zum Dritten Nest der Hohen Biegung gehört …«, murmelte das Katzenkind.

»Meine Geschwister gleichen sich wie ein Ei dem anderen, wie es bei den Menschlingen heißt. Wortwörtlich. Sie wurden alle von einer einzigen Person gezeugt. Und genauso gleichen sie auch der ersten S'af-Person dieser Linie, welche vor Jahrtausenden ein Nest auf einer sich kreuzenden Ebene baute, auf der bereits zwei weitere Nester lagen …«

»Eine einzige Person?«

»Es gibt keine Geschlechter bei den S'af. Sie alle können selbstständig und unabhängig befruchtete Eier legen …«

»Die Fortpflanzung, die zu den S'af gehört, besitzt ein Fundament in der Parthogenese, die ein Charakteristikum der niederen Spezies wie Schnecken, Würmer und Schlangen bildet?«, fragte das Fellknäuel, den Datenbankeintrag über terrestrische Jungferngeburt zitierend.

Im gleichen Moment erkannte es seine Taktlosigkeit und schob eine miaute Entschuldigung hinterher.

»Ach, ihr Menschlinge …«, seufzte I'a-R'et amüsiert, »… habt ein so begrenztes Verständnis der Evolution! Die genetische Struktur der S'af unterscheidet sich signifikant von der euren.«

»Aber du …?«

»Ich bin anders. Ich bin nicht geschlüpft. Ich wurde geboren. Von einem Menschlingsweibchen.«

Auf I'a-R'ets Stirn bildete sich ein Faltengebirge der Trauer, als sie sich an den Moment erinnerte, in dem sie von ihrer Mutter verstoßen wurde.

»Doch du willst dazu gehören …«, maunzte der Katzenmenschling empathisch und unterbrach dabei sein Schnurren.

»Ich habe mein Leben lang daraufhin gearbeitet, die Weihe zu erhalten, um Teil des Dritten Nestes der Hohen Biegung zu werden. Jede verdammte Sekunde dieses harten Lebens. Habe trotz meines Handicaps alle Prüfungen übererfüllt.«

»Handicap?«

Stoisch streichelte I'a-R'et das dichte Fell ihrer Tochter. Sie war so entspannt, dass es ihr nicht schwerfiel, ihre größte Schwäche zu offenbaren.

»Vergesslichkeit. Mir fallen Dinge nicht ein. Oft in wichtigen Momenten. Deshalb bin ich in der Kreidezeit gelandet und nicht bei den Menschlingen der olmekischen Kultur, auf die ich mich ein ganzes Erdenjahr lang vorbereitet habe.«

I'a-R'et blickte in die mitfühlend geweiteten Augen der Transfelinen, die ihr ihren Bauch entgegen streckte.

»Wusstest du, dass Katzenmenschlinge in der olmekischen Kultur eine wichtige Rolle spielen?«, züngelte sie, während sie das weiche Bauchfell kraulte.

»Miau?«

»Eine ihrer Gottheiten wird als Jaguarmenschling verehrt. Es gibt Berichte über diejenigen, die mit Heilkunde und Religion betraut sind. Sie sollen ein Gespür für die Faltigkeit des Universums besitzen. Unter ihnen soll es solche geben, die einen Zugang zu einer Ebene der Realität haben, in der es möglich ist, sich in einen Jaguar zu falten. Ganz ohne Technik, Felinchen!«, grinste sie.

»Das Aussehen, das zu dir gehört, bewirkt die Entstehung einer Bedrohung oder die Begründung von Handlungen der Verehrung durch die Kultur, die zu den Olmeken gehört?«

I'a-R'ets Schlangenaugen zuckten vor Stolz. Ihre Tochter war nicht nur wissbegierig, sondern auch scharfsinnig.

»Weder noch, meine kleine Intelligenzbestie. Das Wissen um die Faltigkeit des Universums erlaubt mir ihre Gestalt anzunehmen. »

»… wenn ich mich denn an die richtige Formel erinnere!«, fügte sie mit ihrem Schlangenmundgrinsen hinzu.

Trotz des ohrenbetäubenden Schnurrens war deutlich zu erkennen, wie es im Kopf des Pelzknäuels arbeitete.

»Besteht die Möglichkeit der Annahme einer Gestalt, die zu den S'af gehört?«

I'a-R'et verstand sofort, worauf das Katzenkind hinaus wollte. Ihre Schuppen bebten angesichts des Mitgefühls, das ihr zuteilwurde.

»Die Möglichkeit besteht, aber die S'af würden es sofort merken. Sie besitzen große Kenntnis über die Faltigkeit des Universums. Es kostet auch ungeheure Kraft. Würde ich es andauernd tun, würde ich innerhalb eines bestimmten Zeitraumes an Erschöpfung sterben. Außerdem sollte es nicht notwendig sein, sich zu verstellen. In keiner Kultur!«

Ein zustimmendes »Miau!« drang aus dem Katzenmäulchen und tanzte kurz auf den Wogen des Schnurrens, das einer Tsunamiwelle gleich durch den Wald rauschte.

Seit der Aktivierung ihrer Wildkatzengene war sie noch katziger geworden. Die Furcht, dass sie jeden Moment das

Sprechen wieder verlernte, huschte kurzzeitig über I'a-R'ets Schuppengesicht.

Das gefiederte Baby suchte Schutz zwischen den Säulenbeinen. Der Krokodilelefant spreizte sie, um Platz zu schaffen. Seine runden Augen leuchteten. Er war Teil einer Herde. Hatte Freundschaften gefunden. Und eine Aufgabe. Er musste das Junge behüten. Das Baby, das einmal Beute war. Das er gejagt hatte. Es hatte keine Angst vor ihm. Er gehörte dazu. Er beschützte. Seine Zeit als Herrscher des Flusses kam ihm in den Sinn. Sein Gedächtnis war so gut. Er erinnerte sich an jeden einzelnen Moment seines vergangenen Lebens. Auch an seine Zeit als Gebieter des Sees. Bis der Segelsaurier kam. Er herrschte immer. Doch immer allein. Biss sich einsam durch sein Leben. Aber jetzt war alles anders. Er musste nicht beißen. Nicht mehr kämpfen. Er war Teil eines größeren Ganzen. Hatte eine Herde gefunden. Die Einsamkeit war verflogen. Auch sein unbändiges Fressen fand ein Ende. Die grüne Beute oben roch noch immer verlockend. Aber er spürte keinen Hunger und keinen Drang zu essen.

Mit sich und der Welt zufrieden trompetete er vor Freude. Das Federbaby zwischen seinen Beinen erschrak. Es zitterte am ganzen Körper. Seine Stummelfederchen flatterten. Behutsam streichelte er ihm mit seiner langen Nase über den Kopf. Beruhigte es. Die blauen Federn kitzelten in seiner Nase. Doch er hielt ein Niesen zurück. Er wollte es nicht noch einmal erschrecken.

Es raschelte im hohen Farn. Im letzten Moment konnte Felina Freedgrrl den Drang aufzuspringen unterdrücken. Sie unterbrach auch nicht ihr donnerndes Schnurren. Die Schlangenfinger ihrer Mutter waren wie geschaffen, ihr dichtes Fell zu kraulen. Ihre innere Anspannung wuchs. Gebannt blickte sie auf den ein Meter und 73 Zentimeter hohen Farn einer nicht klassifizierten *Dipteris*-Gattung. Die Hybridin schien dasselbe zu spüren. Sie züngelte aufgeregt. Sie lag noch immer in ihrem geschuppten Schoß. Streckte ihr ihren ungeschützten Bauch entgegen. Die Schlangenaugen zuckten aufgeregt. Sie spürte das sanfte Beben der Schuppen, auf denen sie lag. Auch der Stummelschwanz wedelte unruhig. Doch es war keine Furcht, sondern freudige Erregung, die den Schlangenkörper ihrer Alienmutter ergriff.

In diesem Moment teilte sich der Farn.

»Familie Hypsi gemisst?«, rief ihre Amazonenmutter freudestrahlend und sprang mit einer im Widerspruch zu ihrem kompakten Körper stehenden Geschicklichkeit von ihrem Reittier.

Der *Deinonychus antirrhopus* begrüßte mit einem geckohaften Bellen die Herde. Das *Tyrannosaurus Rex*-Baby wagte sich mutig aus dem Schatten der Krokodilelefantenbeine und quietschte vergnügt.

Felina Freedgrrl starrte die Amazonenkönigin unhöflich an.

»Welchen Grund hat die Befindlichkeit eines *Pyroraptor olympius'* auf der Schulter, die zu dir gehört?«, miaute sie mit strahlend geweiteten Augen, die den papageienhaft bunt gefiederten Theropoden gewissenhaft scannten.

Sein Gefieder glich einer Farbexplosion. Neben den überwiegenden Blau- und Gelbtönen waren auch violette, rote und sogar grüne Federn zu erkennen. Als wäre die 55 Zentimeter hohe und einen Meter 13 Zentimeter lange Laufechse nach ihrer Geburt durch Dutzende Farbtöpfe gestolpert.

Die amazonische Schamanin grinste.

»Das sein Nur-Shala. Nur-Shala, das sein Familie!«, sie watschelte mit stolz voran gestreckter Brust auf ihre Liebste zu.

Gab ihr schmatzend einen Kuss, während ihre geöffnete Hand zärtlich den Hinterkopf von Felina Freedgrrl tätschelte. Die gefiederte Echse krächzte dabei wie ein Papagei auf der Schulter einer Piratenkönigin. Ihr Name bedeutete 'Licht der Shala', einer ursprünglich mesopotamischen Wettergöttin, wie ein Blick in die Datenbank Felina Freedgrrl verriet.

»Ach Hypsi, wenn wir so weiter machen, müssen wir eine zweite Arche Noah bauen …«, stöhnte die Halbirdische mit einem Grinsen im Gesicht.

Felina Freedgrrl brauchte keinen Scan durchzuführen, um zu erkennen, wie erleichtert ihre Schlangenmutter war, dass es der Amazone wieder besser ging. Sie hatte sich ausgetobt.

»Weg sein frei! Tabiti retten Nur-Shala! Familie Stärke jetzt!«, konterte die Amazonenschamanin die Kritik an ihrer Sammelleidenschaft.

Offenbar war nicht allein der *Deinonychus antirrhopus* für die Rettung des Papageienersatzes verantwortlich. Von der Doppelaxt ihrer Amazonenmutter tropfte rotes Theropodenblut. Da erst bemerkte Felina Freedgrrl die beiden Sichelkrallen eines *Velociraptor mongoliensis'*, die die siegreiche Kriegerin ihrer Kette aus *Ursus thibetanus*-Krallen hinzugefügt hatte.

11. Gulag 2.0

Mit einem lauten Knall rammten zwei rhinozerosgroße, blau-grün gefleckte Jungtiere ihre Köpfe gegeneinander. Der mehr als doppelt so große Herdenbulle, stellte sich alarmiert auf die Hinterbeine. Sein Kopf mit dem mächtigen Knochenbein, welches einem gebogenen Horn gleich nach hinten ragte, drehte sich gleichmäßig wie eine Überwachungskamera. Minutiös sondierte er die aus 18 Individuen bestehende Parasaurolophus-Herde. Er verharrte kurz bei einem gelbgrün gescheckten Weibchen, welches zwei stolpernde, leuchtend grüne Neugeborene, die im Farngebüsch kaum zu erkennen waren, munter vor sich her schubste. Als sein Blick auf die raufenden Teenager traf, drang ein zufriedenes Grunzen aus seinem Entenschnabelmaul. Er senkte die Vorderbeine wieder auf den Boden. Schmatzend gab er sein Bestes den üppig wuchernden Farn am Fuße des schroff-weißen Steilhangs weiter zu dezimieren.

»Was für ein wunderschöner Anblick! Welch unverdientes Glück ihr doch habt!«, juchzte Grace Grindstone.

Ihre harsche, überlaute Stimme, die selbst Freudenschreien den bellenden Befehlston einer mit allem und jeder unzufriedenen Gouvernante verlieh, wollte nicht zu dem zerbrechlich wirkenden Körper einer zierlichen Mittzwanzigerin passen. Die Wärme, die die Sanftheit ihres Äußeren verströmte, wurde von ihrer schwer erträglichen Stimme unbarmherzig geschluckt, sobald sie den Mund öffnete.

Niemand wagte zu widersprechen. Einige senkten demütig die Köpfe. Sie starrten so intensiv zu Boden, als würde das wahre Spektakel zu ihren Füßen geschehen. Alle wussten, dass Grace Grindstone in Augenblicken wie diesen am reizbarsten war. Wenn sie die Exkursion unbeschadet überstehen wollten, galt es jetzt am wachsamsten zu sein.

Nur wenige hatten gelernt, Erstaunen so meisterhaft vorzutäuschen, dass selbst sie die Show nicht durchschaute. Kein Mensch konnte ernsthaft den Anblick einer friedlich weidenden Parasaurolophus-Herde genießen, wenn Grace Grindstone die Leiterin der Lehrfahrt war. Zeitreiseexkursionen bildeten ein zentrales Element im Sanktionsinstrumentarium der Heilzentren. So verlockend das Konzept klang, so verstörend gestaltete sich seine Ausführung. Die Delinquentin, die Freude an einem Ausflug in ein früheres Zeitalter fand, war noch nicht geboren. Die Brutalität der auf maximale Sanktionierung konditionierten Exkursionsleitenden war legendär. Manche von ihnen wussten, jede Exkursion in eine Hölle zu verwandeln. Grace Grindstone war die Meisterin in dieser Disziplin.

»Wie kannst du so undankbar zu Boden starren, Stockfish?«, herrschte sie einen hünenhaften Halbwüchsigen an, der sie trotz seines gesenkten Blicks zwei Köpfe überragte.

In einer Höhe, die es ihr erlaubte, auf jeden und jede herabzusehen, schwebte sie auf den jugendlichen Delinquenten zu. Das in sein Hightech-Armband integrierte und mit seiner Agya vernetzte Zeitreiseprogramm machte ihn zwar für die nur wenige Meter vor ihm grasenden Hadrosaurier unwahrnehmbar, nicht aber für Grace Grindstone und den Rest der Exkursion.

»Ich-ich-ich ha-ha-habe …«, stammelte Steven Stockfish und schwebte instinktiv einen halben Meter zurück.

Das ihm eigene, ruckelige Schweben vermittelte den Eindruck, als würde er unbewusst die Schwebegeschwindigkeit drosseln. Der rostrote Einteiler aus minderwertigem Baumwollsurrogat, der seinen schlaksigen Körper unvorteilhaft umhüllte, flatterte wild und ließ ihn noch grotesker aussehen. Er war zu nachlässig, um seinen Spannkraft-Modulator korrekt zu regulieren. Aus den Augenwinkeln sah er, wie die anderen Mitglieder der Gruppe erleichtert aufatmeten. Dieser Kelch war an ihnen vorüber gegangen.

»Mir hätte schon zu Beginn klar sein sollen, dass du nicht geeignet bist für …«

»Ich-ich habe die Beschaffenheit der Bodengewächse gescannt, um mehr über die Ernährungsweise des *Parasaurolophus tubicen* in Erfahrung zu bringen, Ma'am!«, fiel ihm eine Ausrede im letzten Augenblick ein.

Einige blickten bewundernd zu ihm hinüber, vermieden dabei aber, Grace Grindstone direkt anzuschauen. In Momenten wie diesen war sie gefährlich wie eine Raubkatze, die fürchtet, dass ihr die sicher geglaubte Jagdbeute entrissen wird.

»Hört, hört! Stockfish wird uns also nach der Rückkehr mit einem einstündigen Vortrag über das Ernährungsverhalten des *Parasaurolophus tubicen* beglücken. Sollte sich nur ein winziges Fehlerchen in sein Referat einschleichen, wird er mit Freude auf die heutige Nahrungsration verzichten und seine Konzentration in der Nacht am Stehpult schulen!«

Steven Stockfish atmete hörbar schneller. Doch sein Gesicht strahlte. Natürlich würde Grace Grindstone einen Fehler in seinem Vortrag finden, gleich wie perfekt er sein würde. Aber die Strafe, eine Nacht hungernd und im Stehen zu verbringen, war milde. Entspannt ließ er seine Schultern sinken.

Nachdem Grace Grindstone von ihm abließ, schwebte Franny Frogfart an ihm vorbei, stieß ihm schwungvoll ihren rechten Ellenbogen in die Seite, grinste hämisch und zischte: »Du bist so 'ne Maus, Stockfish!«

Franny Frogfart war die Einzige, die sich alles erlauben konnte. Die Älteren erzählten, sie habe die härtesten Strafen überstanden, ohne einen Mucks von sich zu geben. Einige, behaupteten, sie habe, während sie die schlimmste Bestrafung durchlitt, die Grace Grindstone jemals verhängte, nur gehöhnt: »Ist das alles, was dir einfällt, Steinchen?«

Angeblich verlor Grace Grindstone nach diesem Moment die Freude daran, sie zu bestrafen. Seither konnte sie ihrer Narrenfreiheit in vollen Zügen frönen. Am Tag darauf rasierte sie sich eine Glatze: Ein wenig subtiler Hinweis darauf, dass sie die Heilzentren mit den schlimmsten Straflagern des 20. Jahrhunderts gleichsetzte. Steven Stockfish konnte nicht anders, als sie anhimmeln. Sie war nicht nur die unbeugsamste Rebellin. Sie war auch die Älteste der Gruppe. Beides machte sie unwiderstehlich. Hinzu kam der Hauch eines Mysteriums, der sie umwehte. Sie erschien wie aus dem Nichts und stellte die Gemeinschaft auf den Kopf. Es war ihre Idee, jene Leiterin, die offiziell mit 'Vormundeinheit 13-48' angesprochen werden musste, den Namen 'Grace Grindstone' zu verleihen. Aus Gerechtigkeitsgründen!

»Jede verdient einen Gulagnamen, auch sie!«, hatte Franny Frogfart überzeugend argumentiert. Keine zwei Tage später hatte sich der Name im gesamten Heilzentrumssystem verbreitet.

Es gab nur einen Moment, in dem Steven Stockfish Franny Frogwart nahe war. In diesem einen Augenblick, der Kostbarste in seinem Leben, hatte sie ihn hinter ihre 'Wenn der Feind uns bekämpft, dann ist das gut und nicht schlecht!'-Fassade blicken lassen.

»Wenn du hier überleben willst, Steven, musst du genau beobachten. Du musst ihnen immer einen Schritt voraus sein. Aber du darfst es sie nicht wissen lassen. Sonst brechen sie dich!«, hauchte sie ihm ins Ohr.

Er errötete. Es war das erste und einzige Mal, dass sie ihn Steven nannte. Er verliebte sich augenblicklich. Erst Wochen später erkannte er die Bedeutung ihrer Worte. Danach war er sich nicht mehr sicher, ob sie tatsächlich unbeeindruckt von den Foltermethoden einer Grace Grindstone war. Oder ob sie einfach nur die Scharfsinnigste von allen war, die genau wusste, wie sie die am meisten gefürchtete Aufseherin wirkungsvoll manipulieren konnte.

Jedenfalls wusste Franny Frogfart genau, welche Knöpfe sie bei Steven Stockfish drücken musste. Mit jedem blauen Fleck schmachtete er mehr. Niemand besaß mehr Frogfart-Flecken als er. Niemand trug sie mit solchem Stolz!

›Diese Frogfart-Person ist nicht gut für uns. Sie übt einen schlechten Einfluss auf uns aus. Es ist ratsam, sie zu meiden. Wir kommen viel besser klar ohne sie. Wir sollten uns jetzt auf das Referat vorbereiten.‹

Die Originalstimme der Agya-Werksversion, die in seinem Geist erklang, hatte diesen bemüht lehrerhaften Ton, dem er schon sein ganzes Leben vertraute. Außer in Fragen, die Franny Frogfart betrafen.

Franny Frogwart war die Einzige im Gulag 2.0, wie sie ihre Gemeinschaft nannte, die keinerlei Auflagen bezüglich ihrer Kleidung erhielt. Oder richtiger, die Einzige, die sich einen Scheiß um die Vorschriften scherte und damit durchkam. Obwohl sie eine Meisterin, ja **die** Meisterin im Regulieren des Spannkraft-Modulators war, war ihr diesbezügliches Geschick heute nicht erforderlich. Sie trug einen mit schwarzvioletter, metallisch glänzender Chitinseide aufgetragenen Bodypaint-Sprühfilm, der jede Wölbung und jede Vertiefung ihres Körpers nanometergenau nachzeichnete. Nicht nur Steven Stockfishs Hormone waren in Aufruhr geraten. Die ganze Gruppe, Grace Grindstone eingeschlossen, versuchte angestrengt, ihr Auftreten zu ignorieren. Sie war der gewaltige, schwarzviolette Elefant im Raum.

›Wir haben jede einzelne Zelle jeder Spezies der Flora und Fauna in einem Umkreis von 153 Metern und 17 Zentimetern gescannt und auf Unregelmäßigkeiten in Bezug auf die 87.101.835 Parameter der Mesozoikum-Datenbank geprüft. Wie gewünscht und bereits zum dritten Male. Es ergaben sich wiederum keine unerwarteten Ergebnisse. Wir empfehlen, den Vorgang aufgrund der mangelnden Resultate zu beenden.‹, stöhnte die erschöpfte Agya in ihrem Geist.

›Nein, Agya, wiederhole die Prozedur und gleiche sie mit den Ergebnissen der Scan-Analysen sämtlicher vorangegangener Exkursionen ab. Wir müssen absolut sichergehen!‹

›Aber das sind …‹, wollte die überforderte KI einwerfen.

Doch sie wurde von den entschiedenen Gedanken Franny Frogfarts, die keinen Widerspruch duldeten, unterbrochen: ›Kein Jammern, Agya! Das ist existenziell wichtig!‹

Agya versenkte ihre Aufmerksamkeit in die neue Herausforderung, wobei ihr das triumphale Grinsen ihrer Wirtin entging.

Franny Frogfart hatte schon früh gelernt, ihr Agya-Kindermädchen mit unsinnigen Aufgaben zu überfordern und die daraus resultierende Überlastung zu nutzen, um der permanenten Überwachung zu entgehen. So hatte sie in den letzten beiden Jahren ihre Pläne unbemerkt schmieden können.

Ihr kraftvolles Voranschweben zielte auf das größte Exemplar der Parasaurolophus-Herde. Sie kam ihm so nahe, dass es aussah, als wolle sie aufsteigen und davon reiten. Nicht wenige in der Gruppe trauten ihr das zu. Doch sie wollte nur den auffälligen Knochenzapfen, der vom Nasenbein bis weit hinter den Schädel reichte, betrachten. Die ledrige Haut des *Parasaurolophus tubicen* wies ein grün-blaues Streifenmuster auf, ähnlich dem des im 21. Jahrhundert ausgestorbenen *Equus zebra.* Mit seinem überdimensionalen Entenschnabel riss er ganze Büschel von einem hellgrünen *Cycadeoida cylindrica*-Baumfarn ab, den er weit überragte. Die Büschel verschwanden in seinem breiten Maul und wurden durchgewalkt wie ein kreidezeitliches Kaugummi.

Aus den Augenwinkeln erkannte Franny Frogwart, wie sich Steven Stockfish vor Stolz aufblähte. Ihre Strategie schlug fehl. Erneut. Sie wollte Steven provozieren. Seine Wut entfachen. Damit er endlich einmal aufbegehrte. Stattdessen genoss er es. Er war zu unterwürfig, um sich zu wehren. Er war wie geschaffen für diese Welt. Als sie ihren Blick über die Gruppe schweifen ließ, war Betsy Batshit die Einzige, die nicht wegschaute. Betsy Batshit griente sie an. Sollte sie es noch einmal mit ihr versuchen? Ihr erster Versuch ging nach hinten los. Betsy Batshit nahm ihren Sträflingsnamen nicht einfach nur an. Sie überidentifizierte sich mit ihm. Es erfüllte sie mit unbändiger Freude, ihn in jeder Sekunde Buchstabe für Buchstabe zu inszenieren. Mit katastrophalen Folgen. Anfangs glaubte Franny Frogfart, sie sei wie sie. Spielte allen etwas vor. Ein verhängnisvoller Fehler. Betsy Batshit war hundertmal durchgeknallter als ihr Gefängnisname.

Mit dem für sie typischen irren Grinsen raste Betsy Batshit auf sie zu. Zweieinhalb Zentimeter vor ihr kam sie abrupt zum Stehen.

»Du hattest recht, Frogfart!«, zischte sie, während sie Franny Frogfarts Wohlfühlzone ignorierte.

Sie war so dicht an ihr, dass Franny Frogfart den winzigen Fleck in ihrer rechten Pupille erkennen konnte.

»Womit Betsy?«

»Wir sind uns wirklich ähnlich! Ich wollte es erst nicht glauben!«.

Sie schwebte noch ein wenig näher heran, obwohl das fast nicht mehr möglich war. Instinktiv wollte Franny Frogfart zurückweichen, doch hinter ihr stand der wiederkäuende *Parasaurolophus*-Bulle. Stattdessen stemmte sie ihre Hände in die Hüften, streckte ihre metallisch glänzenden Lackbrüste nach vorne und ließ ein provokantes »Ist das so?« erklingen. Sie hatte auf schmerzhafte Weise lernen müssen, dass es klug war, bei Betsy Batshit keine Schwäche zu zeigen.

»Wir stehen beide auf devote Dinger! Hätte ich nicht von dir gedacht, Frogfart! Wir sollten Stockfish mal zusammen sandwichen! Das wäre ein saftiger Spaß!«

»Abmarsch, ihr degenerierten Stinkkäfer! Weiter zur nächsten Station!«, bellte Grace Grindstone.

Franny Frogfart nutzte die Ablenkung, um Betsy Batshit zu umrunden, und flog zurück zur Gruppe, die sich bereits in Bewegung gesetzt hatte. Als sie an Steven Stockfish vorbei kam, übertrug sie mehrere Datenpakete der mit Akribie gescannten Flora sowie ein Datenpaket des Wiederkäu-Rhythmus des *Parasaurolophus tubicen* an seine Agya: »Für deinen Vortrag, Maus!«

Steven wurde augenblicklich rot. Er bedankte sich und senkte glücklich sein Haupt.

›Vulkanische Umgebungen, die für die späte Kreidezeit symptomatisch sind, bieten optimale Bedingungen für die Entstehung von Geysirfeldern, wie wir sie hier vorfinden. Da die meisten dieser Geysire Kegelgeysire sind, die in regelmäßigen Abständen einen bis zu 113 Grad Celsius heißen Wasserstrahl ausstoßen, ist äußerste Vorsicht bei der Annäherung erforderlich! Das Zeitreisekonsortium haftet nicht für etwaige, durch regelwidriges Verhalten verursachte Schäden an Mensch und Technik‹, summten die unterschiedlichen Agyas die obligatorische Haftungsausschlussklausel direkt in den Geist der Zeitreisenden.

Mit tänzerischer Anmut schwebte Sunny Snailslime zu Franny Frogfart hinüber. Ihr unwiderstehliches Sonnenscheinlachen strahlte ebenso wie ihre Kuscheltieraugen. Um sie herum blubberte es aus dunkelroten Schlammlöchern. Blutrote Blasen entstanden und zerplatzten mit einem unappetitlichen 'Plopp!'.

»Warum tust du das?«

Es war das erste Mal, dass Sunny Snailslime sie mit ihren Handlungen konfrontierte. Sunny Snailslime verströmte eine grenzenlose Euphorie. Immerzu. Selbst Grace Grindstone fiel es schwer, ihr lange böse zu sein. Sunny Snailslime zu bestrafen, war auch für die Meisterin der Sanktionskunst eine Herausforderung. Nur bei Betsy Batshit blieb ihr Euphorieschutzschirm wirkungslos. Aber Betsy, nun ja, Betsy war Betsy Batshit! Als Sunny Snailslime in die Gruppe kam, hatte Franny Frogfart sich gewundert, wie ein solches Sonnenscheinchen hier landen konnte. Aber die goldene Regel der Gemeinschaft besagte: Über den Grund der Internierung wird nicht gesprochen. Niemals!

»Warum tu ich was, Snailslime?«

Franny Frogfart schwebte synchron neben ihr und achtete sorgsam darauf, nicht in die Nähe der scheinbar leeren, nicht blubbernden Vertiefungen zu geraten.

»Steven quälen! Du bist nicht wie …«, ihr Blick schweifte ab in Richtung Betsy Batshit, die sich Steven Stockfish näherte, »… aber du verhältst dich so widersprüchlich! Ich werde nicht schlau aus dir, Franny!«

So offen hatte Sunny Snailslime noch nie mit ihr gesprochen. Franny Frogfart hatte sie für gefährlich naiv gehalten. Und zu gutmütig für den Widerstand. Aber vielleicht war sie doch eine geeignete Rekrutin? Vielleicht sollte sie **sie** anwerben.

»Glaubst du an ein höheres Ziel im Leben, Sunny?«

»Da schon wieder! Wie soll eine aus dir schlau werden?«

»Was wäre, wenn wir alle frei wären? Wenn es keine Gulags mehr gäbe?«

Auf Sunny Snailslimes jugendlicher Stirn bildeten sich Falten. Sie schaute hinüber zu Betsy Batshit, die begonnen hatte, Steven Stockfish zu piesacken, in dem sie ihn gefährlich nahe an eine Geysirröhre schubste.

Guter Punkt, dachte Franny Frogwart anerkennend, aber entgegnete: »Was, wenn wir uns der Technik bemächtigen würden und ohne Peinigerin auf Exkursionen gingen? Nicht als Strafe, sondern um gemeinsam Spaß zu haben? Wir sind genug, um Grace Grindstone zu überwältigen!«

Sunny Snailslime blieb mit offenem Mund stehen. Das, das war … Allein der Gedanke! Aber es auszusprechen!

»Du bist noch irrer als Betsy, Frogfart!«, schrie sie entsetzt und schwebte jede Anmut vermissen lassend davon.

»Dacht ich mir!«, seufzte Franny Frogfart, nahm Schwung und segelte in Richtung Betsy Batshit, die noch immer Steven Stockfish schikanierte.

Als sie an den beiden vorbeischwebte, versetzte sie Steven Stockfishs Peinigerin einen exakt berechneten Stoß. Betsy Batshit stürzte direkt in die Fontäne eines genau in diesem Moment eruptierenden Geysirs. Der düsengleich hervorschießende, 97,66 Grad Celsius heiße Wasserstrahl schleuderte sie 143 Meter und 53 Zentimeter in die Höhe. Sie verlor die Kontrolle über den Schwebemechanismus. Taumelte vier Minuten und 45 Sekunden hilflos in der Luft herum, bis sie gemeinsam mit der in sich zusammenfallenden Fontäne in einem Nebel aus heißem Dampf in die Tiefe stürzte. In letzter Sekunde gewann sie die Herrschaft über die Schwebeeinheit zurück und bremste ihren Sturz in einer Höhe von zwei Metern und 13 Zentimetern über dem Boden ab.

»Batshit! Zurück zur Gruppe! Sofort! Wir sind nicht zum Vergnügen hier!«

Grace Grindstones Stimme klirrte wie ein Eissturm aus den weißen Zonen.

Franny Frogfart hatte den Stoß so geschickt platziert, dass nur Betsy und Steven es mitbekommen hatten.

Als Betsy Batshit sich mit hummerrot verbrühtem Gesicht wieder der Gruppe anschloss, geiferte Grace Grindstone: »Offenbar hat die Vergnügungssucht von Batshit ein neues Level erreicht. Um sich von dieser Sucht zu befreien, wird Batshit die nächsten sechs Wochen auf ihre wöchentliche Altered Reality Game-Zeit verzichten!«

Alle, inklusive Franny Frogfart, erstarrten. Das kam nicht nur einer Höchststrafe für Betsy Batshit gleich, es war auch eine Kollektivstrafe. Betsy Batshit benutzte ihre ARG-Stunden zur Aggressionsbewältigung. Niemand in der Gruppe hatte die Zeit vergessen, in der wegen eines Updatefehlers der Gamezugang für zwei Wochen unterbrochen war. Betsy Batshit mutierte in dieser kurzen Zeit zu einer heimtückischen Teufelin. Und es waren nur 14 Tage.

Franny Frogfart hatte sich mit ihrem unbeherrschten Stoß eine hypergefährliche Nemesis geschaffen.

Grace Grindstone schwebte zwei Meter und 13 Zentimeter über der Ankylosaurusherde. In dieser Höhe hatte sie den bestmöglichen Überblick. Nicht nur über die 13 Saurier, sondern auch über ihre neun Schützlinge.

›Die Spezies der *Saichania chulsanensis* gehört zu den Ankylosauriern, die sich durch eine Ganzkörperpanzerung vor Fressfeinden schützen. *Saichania* besitzt, wie in dieser Gruppe deutlich sichtbar wird, nicht nur über den gesamten Körper verteilte Knochenplatten und senkrecht hervorragende Knochenstacheln. Zu ihrem Verteidigungsarsenal zählt auch die Knochenkeule, die sich am Ende des Schwanzes befindet. Mit dieser sind sie in der Lage in Rudeln jagenden Raubsauriern wie beispielsweise den *Utahraptor ostrommaysorum* auf Abstand zu halten und lebensgefährlich zu verletzten …‹, summten die Agyas die als pädagogisch wertvoll bezeichneten Informationsfragmente des Zeitreiseprogramms direkt in den Geist, der im Halbkreis um die Saurierherde gruppierten Deliquentenschar.

Franny Frogfart achtete sorgsam darauf, sich so zu positionieren, dass sich stets mindestens zwei Gruppenmitglieder zwischen ihr und Betsy Batshit aufhielten. Steven Stockfish ruckelte schon eine Weile neben ihr her. Er war viel zu schüchtern, um das Wort an sie zu richten. Sie ertappte sich dabei, wie sie ihn angrinste.

41 Zentimeter vor ihnen graste einer dieser lebendigen Panzer, der von der stillen Annäherung der beiden nichts mitbekam. Goldene Knochenfragmente ragten dornengleich aus den schwarz glänzenden Panzerplatten seines Rückens hervor. Sein im Vergleich zum restlichen Körper winziger Schildkrötenkopf mit dem blauen Papageienschnabel wurde von lang gezogenen Stacheln gekrönt, welche ihm das Aussehen eines Seeigels verliehen. Doch diese organischen Kampfmaschinen nutzten ihre Kraft und ihre panzerbrechenden Keulenschwänze nicht zum Zweikampf, sondern grasten behäbig wie die Zuchttiere des 21. Jahrhunderts an der einzigen grünen Stelle der ansonsten trostlos kargen Landschaft.

Franny Frogfart gähnte gelangweilt. Immer nur Herbivoren. Wenn sie wenigstens einmal Raubsaurier ins Programm nehmen würden. Nur ein einziges Mal. Es müsste auch kein *Carnotaurus* sein. Ein *Velociraptor* würde schon reichen. Oder noch harmloser: ein *Microraptor*. Aber nein. Eine Herbivorenherde nach der anderen. So öde!

Der *Saichania* vor ihnen hob seinen Kopf und stieß blökende Laute aus. Mehrere der erwachsenen Herdenmitglieder stimmten in das Blöken ein. Die Jungtiere bewegten sich in die Mitte der Herde.

Von den Alten geschützt drängten sich die Jungen im Innern des Kreises, den die Herde gebildet hatte. Als ihre wuchtigen Körper aneinander schabten, entstanden quietschende Laute, die Steven Stockfish das Gesicht verziehen ließ.

Franny Frogfarts erneutes Grinsen galt nicht mehr Steven Stockfish. Ein Angriff stand bevor. Endlich!

Was den in der Luft schwebenden Zeitreisenden entging, war der Umstand, dass zu diesem Zeitpunkt, die Erde bereits zum zweiten Mal von einem leichten Beben erschüttert wurde.

Ein Zischen in ihrer Nähe ließ Franny Frogfart instinktiv in die Höhe steigen. Sie ignorierte die wichtige Überlebensregel nicht höher als Grace Grindstone zu schweben. Exakt 17 Zentimeter neben ihr schlug ein dampfender Gesteinsbrocken mit einem Durchmesser von 53 Zentimetern ein. Unwillkürlich blickte sie in die Richtung, aus der der Brocken angeflogen kam. Was sie sah, übertraf alle ihre Erwartungen. Schwarz aufwallender Rauch krönte den Vulkan, an dessen Fuß sie sich befanden. Das Zeitreiseprogramm schuf nicht nur einen Wahrnehmungsschutz, sondern filterte auch den starken Schwefelgeruch des aktiven Vulkans. Offenbar gab es einen außerplanmäßigen Vulkanausbruch. Oder die Berechnungen waren aufgrund der vielen Hacks des Widerstandes wieder einmal falsch gewesen.

Unter ihr setzte sich die Ankylosaurusherde in Bewegung. Auch in der Gruppe entstand Unruhe. Die Agyas summten die Instruktionen des Evakuierungsprotokolls Beta-13-Simplex, welches in derartigen Ausnahmesituationen Anwendung finden sollte. Franny Frogfart hatte bereits Dutzende Übungen erduldet. Sie kannte die Ausführungen im Schlaf.

12. Eruption

Als junge Frau war Hypsipyle, während sie mit ihrer Kriegsstute Rhimna zum dritten Male die 'Ebene des tödlichen Donners' genannte Steppe durchquerte, auf deren Namensgeberin gestoßen: eine in Unruhe geratene Büffelherde. In letzter Sekunde war es ihr damals gelungen, die Zügel herum zu reißen, Rhimna die Sporen zu geben und so beide vor dem sicheren Tod durch die tausend Hufe der Wisentwalze zu bewahren.

Die Saurierherde, die von Panik erfasst, gerade auf sie zu raste, war um ein Vielfaches schreckenerregender. Aber auch faszinierender.

In der aus mehreren Dutzend Individuen bestehenden lebendigen Lawine, die auf sie zu rollte, stachen in Grün- und Blautönen schimmernde, nashorngroße Ungetüme als treibende Kraft hervor. Ihre Vorderbeine waren kürzer als die Hinterbeine, wie Hypsipyle sofort erfasste. Durch ihren nach vorne gebeugten Lauf wurden die Kleineren der Schar noch mehr in Panik versetzt und angetrieben. Aus ihren Entenschnabelmäulern drangen schrille Töne wie aus einem bronzenen Signalhorn, welches vor einem Überraschungsangriff warnt. Die mächtigen Hörner, die aus ihrem Schädel nach hinten ragten, waren Resonanzkörper, die den ungewöhnlichen Klang der Alarmschreie dieser in Todesangst fliehenden Urzeittiere erklärten, vermutete Hypsipyle richtig. Bereits in der Kindheit hatte sie sich von den Menschen ab und den Tieren zugewendet. Tiere konnten hochgefährlich sein. Aber niemals boshaft. Sie töteten nur, wenn sie hungrig waren. Oder sich bedroht fühlten. Aber sie misshandelten nicht. Als Kind verbrachte sie jeden Tag viele Stunden mit dem Beobachten von Tieren. Artimpasa wurde auf sie aufmerksam. Nahm sich ihrer an und lehrte sie, das Verhalten der scheinbar merkwürdigsten Tiere zu verstehen. So erkannte Hypsipyle auf den ersten Blick, welche der imponierenden Wesen die größte Bedrohung darstellten. Es waren die zwischen den grünen und blauen Riesen auf zwei Beinen dahin hoppelnden Echsenviecher, deren Köpfe den Tonsuren von Büßenden ähnelten. Ihre von Stacheln gesäumten Dickschädel waren so gefährlich wie die mit Metallplatten verstärkten, assyrischen Rammböcke, die selbst befestigte Stadtmauern einreißen konnten. Inmitten der gebeugten Riesen und Dickkopfechsen tummelten sich weitere wundersame Wesen in den unterschiedlichen Größen. Von ihnen ging keine Gefahr aus.

Da waren straußenähnliche Laufechsen von der Größe ihrer Geliebten, deren Gefieder glänzte wie die marmornen Säulen des T'lan-T'is. Ihre im Vergleich winzigen Köpfe saßen auf nicht enden wollenden Hälsen. Auch sie hatten schnabelförmige Mäuler. Aber ihre glichen denen von Löffelenten. Vermutlich gehörten kleine Fische zu ihrer Nahrung. Sie waren extrem schnell, umkreisten die anderen Arten, stürzten, standen wieder auf und rannten weiter. Beim Zuschauen konnte einer schwindlig werden. Im Gegensatz dazu befanden sich die bulligen Kleinen mit dem Kamm auf dem Rücken, die von den Riesen vor sich her getrieben wurden. Sie stolperten mehr, als sie liefen. Mal auf zwei Beinen, mal auf allen vieren versuchten sie sich ihren Weg zwischen den Riesen, den Dickköpfen und den Straußenechsen zu bahnen.

All dies erkannte Hypsipyle innerhalb von Sekunden. Reflexartig zog sie die Zügel Tabitis straff und brachte sie so wenige Meter vor der auf sie zu tosenden Getierflut abrupt zum Stehen.

Sie konnte sich gar nicht sattsehen. Begeistert huschten ihre Augen über den vielgestaltigen Ansturm. Dieses Vogelreptilienland mit seiner Vielfalt an ungewöhnlichen Tieren war ihr persönliches Paradies. Artimpasa hatte hier ihr Meisterwerk vollbracht.

Aus den Augenwinkeln sah sie, wie sich Tigerfelinas schrille Regenbogenrüstung aus ihrem Armband entfaltete, dabei wie von Zauberhand ihr wunderschönes Fell umschloss und sie in die Höhe gleiten ließ. Auch ihrer Liebsten war es gelungen, sich in Deckung zu bringen. Ihre Reflexe waren unerreicht. Sobek schob Targitaos behutsam vor sich her und geleitete ihn aus der Gefahrenzone. Sie alle waren weit hinter ihr. Doch vor ihr wirbelte Staub auf und bildete einen grobkörnigen Nebel um die sich wie eine riesige Walze nähernde Herde, die sie fast erreicht hatte.

Nur-Shala krächzte aufgeregt und schlug so wild mit den gefiederten Ärmchen auf ihrer rechten Schulter, dass ihr die

Sicht genommen wurde. Eine azurblaue Schwungfeder kitzelte ihre Nase, bis sie einem heftigen Niesanfall erlag, der sie beinahe von Tabiti stürzen ließ.

Es ziepte als High Fashion Plus wieder ihr dichtes Fell umschloss. Mit ihren Gedanken regulierte Felina Freedgrrl den Spannkraft-Modulator, während sie in eine Höhe von zehn Metern und 87 Zentimetern schwebte. Ihre Katzenaugen scannten die aus *Parasaurolophus tubicen*-, *Pachycephalosaurus wyomingensis*-, *Gallimimus bullatus*- sowie *Rhabdodon priscus*-Individuen bestehende Herbivorenherde, vor der die Amazonenkönigin, die ihre Expedition anleitete, abrupt zum Stehen kam. Die S'af-Mensch-Hybridin hatte als Erste reagiert. Blitzschnell und mit dem bloßen Auge nicht wahrnehmbar hatte sie sich an einen sicheren Ort begeben und warnte aus der Entfernung die anderen. Mit wilden Handbewegungen und Rufen lockte sie den Krokodilelefanten und das *Tyrannosaurus Rex*-Baby zu ihr hinüber. Felina Freedgrrl schmunzelte. In den ersten Tagen hatte sie die bizarren Bewegungen der Halbirdischen gescannt, aber verwirrende Analysen erhalten, die innerhalb der gegebenen Parameter keinen Sinn ergaben. Später dachte sie, es hätte mit dem Wissen um die Faltigkeit des Universums zu tun. Aber es war viel einfacher. Vor einem Tag hatte ihre halbirdische Mutter das Rätsel gelöst. S'af nahmen die Welt anders wahr als Menschen. Nicht nur in drei Dimensionen. Ihre mehrdimensionale Wahrnehmung ermöglichte Bewegungsabläufe, die ihresgleichen nicht nachvollziehen konnten. Und so hatte sie in Sekundenbruchteilen die einzige sichere Stelle weit und breit lokalisiert und sich ohne Umwege dorthin gerettet.

Aber was machte ihre Amazonenmutter? Sie starrte gebannt auf die heranrollende Herde. Bewegte weder sich noch ihr Reittier. Der *Pyroraptor olympius* krächzte in Panik und schlug aufgeregt mit seinen Flügelarmen umher. Aus dem Maul des *Deinonychus antirrhopus* kam ein geckohaftes Klagen. Sie würden überrollt werden. Felina Freedgrrl hielt den Atem an.

Mit unerreichter Eleganz schlängelte I'a-R'et aus der Gefahrenzone. Die verlängerten Beine waren wie geschaffen, ihren geschmeidigen Körper blitzschnell zu bewegen. Lange vor den anderen hatte sie die Bodenerschütterungen wahrgenommen. Schon bevor die unheimliche Staubwolke am Horizont erschien. Sie war immer in Alarmbereitschaft in dieser Welt der Monster. Und sie spürte deutlich, dass kein Beben oder Superungeheuer diese Erschütterungen auslöste. Die Schmerzen, die die Vibrationen ihr zufügten, sprachen eine klare Sprache. Es war eine Ungeheuerschar! Dutzende Untiere! Und sie näherten sich schnell. Wieder kam ihr ihre multidimensionale Wahrnehmung, der Umstand eine Einäugige unter Blinden zu sein, zu Gute. Sie brauchte nicht einmal eine Sekunde, um die Laufbahn der Ungetüme zu bestimmen und einen ungefährdeten Ausweichort anzusteuern. Dort angekommen stellte sie erfreut fest, dass sie sich um ihre Tochter nicht sorgen musste. Die schoss gerade in die sichere Höhe. In der Fehlannahme, ihre Geliebte hätte die Situation im Griff, lotste sie den Krokodilelefanten und das Monsterbaby in die Schutz bietende Felsenbucht. Als die beiden sich in Bewegung setzten, schaute sie zu Hypsi hinüber. Ihr Schuppenkörper wurde steif. Erstarrte angesichts der Gefahr. Ihre Herzallerliebste, der fähigste Menschling, den sie kannte, blickte dem Tod ins Auge. Und reagierte nicht.

Was war mit ihr los? Erkannte sie die Bedrohung nicht, die von der Monsterwalze ausging? Das farbenfrohe Untier auf ihrer Schulter, der letzte Triumph ihrer Sammelleidenschaft, flatterte wild. Sie sah, wie ihre Liebste die Kontrolle verlor. Sie hatte Mühe, sich auf dem Sichelkrallenmonster zu halten. Und die Bestien rückten immer näher. Eines der kleineren Ungeheuer mit den langen Hälsen stürzte auf sie zu. Würde sie umrennen und zu Boden reißen. Unter die alles zermalmenden Hufe der hundert Monster.

Unbewusst bewegten sich ihre schwarzen Schlangenlippen. Erst leise, dann immer lauter drangen die Worte aus ihrem Mund.

Mit beiden Händen krallte sich Hypsipyle in das Federkleid ihres Reittieres, welches gellende Panikschreie von sich gab. Eine der stolpernden Straußenechsen raste auf sie zu. Hinter ihrem lang gestreckten gefiederten Schwanz rückte die Schar der Wunderwesen wie eine Wand vor. Sie war nur noch wenige Ellen entfernt.

In diesem Moment wurde die Erde brutal erschüttert. Sie brach auf. Vor ihr entstand ein Schlund, in den die Straußenechse fiel. Sie zappelte, versuchte mit ihren winzigen Armen, sich an der Kante festzuklammern, aber wurde von dem unheimlichen Sog in die Tiefe gezogen. Nacheinander stürzten die blauen und grünen Riesen, die Dickschädelviecher, die Kleinen mit den gezackten Rücken und die restlichen Straußenechsen in den Graben, wo sie sich wild umherstrampelnd auftürmten. Die Rinne war nur wenige Meter tief und füllte sich schnell. Bevor der hintere Teil der Herde über die sich in Sekunden bildende Leiberbrücke zu ihr vordringen konnte, reagierte Hypsipyle. Gemächlich trabte sie mit der laut meckernden Tabiti und einer von vielen Kreischanfällen heiser krächzenden Nur-Shala zurück zu ihrer Familie.

»Hypsi sind okay!«, grinste sie ihr breitestes Schelminnengrinsen, als sie die Felsenbucht erreichte.

Die Herde rauschte an ihnen vorbei wie ein Gebirgsbach, der nach der Gletscherschmelze zum reißenden Strom wird. Hin und wieder verirrte sich eines der Ungeheuer in die Felsenbucht, machte aber auf der Stelle kehrt, wenn es das am Eingang Wache haltende und stets Zähne fletschende Sichelkrallenmonster erblickte.

»Gedächtnis Sternenherz mein gut!«, brummte ihre Geliebte, während sie sich an I'a-R'et schmiegte.

Sie hatte ihr ihre größte Schwäche offenbart. In dieser sternklaren Nacht, in der alles begann. In einer angeregten Diskussion um die Faltigkeit des Universums und das Trauma des Krokodilelefanten. Sie bewunderte das tiefe Verständnis, welches Hypsi für andere Lebewesen entwickeln konnte. Die Art, wie sie Dinge zu Ende dachte. Wie fühlte sich ein Krokodil gefangen im Körper eines Elefanten? In jener Liebesnacht verstand I'a-R'et, wie Hypsis Verstand funktionierte: Sie war nicht begriffsstutzig. Im Gegenteil. Sie brauchte nur mehr Zeit zum Denken als andere, weil sie es gründlicher tat. Selbstverständlich hatte sie auch begriffen, dass der sich vor ihr öffnende Schlund keine natürliche Ursache hatte.

Überströmend vor Glück umarmte sie sie. Nicht ein Haar war ihr gekrümmt worden. I'a-R'et erfreute sich an der Wärme ihres verschwitzten Körpers, der sich an ihr rieb. Die Nähe beruhigte sie. Die heftigen Vibrationen, die die Monsterschar auslöste, bereiteten ihr Unwohlsein. Sie züngelte unbeherrscht. Auch Felinchen kuschelte sich an sie.

Spürte, wie sehr sie die Nähe brauchte. Gefangen in diesem Felskäfig. Gemartert von den unablässigen Erschütterungen.

Ihre Schlangenaugen blickten gebannt auf den Eingang. Der Krokodilelefant baute sich hinter dem Sichelkrallenmonster auf. Mit seinem Tröten übertönte er dessen Knurren. Zwischen seinen Beinen hopste das Monsterbaby vergnügt umher. Es fühlte sich geborgen und genoss die Aufregung. Der Krokodilelefant hatte seine Bestimmung gefunden. Genau wie sie, dachte sie, während sie mit ihren Schlangenarmen ihre beiden Liebsten näher an sich heranzog.

»Da, da, da! Berg gekotzt Feuer!«, rief Hypsi aufgeregt.

Sie wies mit ihrem Zeigefinger auf die schwarzen Wolken, die in der Ferne am Himmel aufwallten. I'a-R'et zuckte zusammen. Die Hand ihrer Liebsten zeigte in die Richtung, aus der die Ungeheuerherde kam. Die Richtung, die ihnen die Mammutbäume gewiesen hatten.

Felina Freedgrrl vernahm das Unbehagen ihrer Mutter mit jedem Härchen ihres dichten Felles. Die Halbirdische litt entsetzlich. Sie war von der Situation mehr überfordert als jedes andere Mitglied ihrer bunt gemischten Truppe. Seit der Felsenbucht hatte sie keinen entspannten Moment mehr. Die rubinroten Schuppen bebten heftig. Ihre sensiblen Katzenohren nahmen ihr feines Rascheln wahr. Die gespaltene Zunge hing der S'af-Mensch-Hybridin permanent aus dem Mund. Fand den Weg zurück nicht mehr. Auch die Schlangenaugen zuckten unruhig von einer Seite zur anderen, ohne etwas zu fokussieren. Das Durcheinander belastete alle, aber keine war so paralysiert wie ihre Schlangenmutter. Der *Pyroraptor olympius* hüpfte wie ein verschrecktes Kleinkind auf ihrer Amazonenmutter von einer Schulter zur anderen. Aufgeregt zappelte er dabei mit seinen gefiederten Ärmchen. Doch selbst er hatte sich besser im Griff.

Wieder schoss eine blutrote Fontäne neben ihnen in die Höhe. Ihre Mutter erschrak vehement. Sie wäre beinahe vom Krokodilelefanten gefallen, der sie beide durch die unheimliche Geysirschlucht trug. Er hatte sein Trauma überwunden und ihr die Faltung vergeben. Felina Freedgrrl verstand noch immer wenig über die Faltigkeit des Universums, auch wenn sie ihre Mutter beständig mit Fragen bombardierte. Doch sie hatte gelernt, dass die Transformation von einem Lebewesen in ein anderes das Ergebnis einer Faltung war. Der gefaltete Krokodilelefant trompetete laut und sie schmiegte ihren kuscheligen Fellkörper noch enger an den eingerollten Schlangenleib ihrer verängstigten Mutter. Ein beruhigendes Schnurren dröhnte über den grauen Rücken. Es übertönte das Blubbern und Zischen der Röhren unter ihnen, die von einem ständigen Beben erschüttert wurden. Der aus der Faltung hervorgegangene *Lo-*

xodonta africana war ein Meister im Balancehalten. Offenbar kam ihm seine Krokodilvergangenheit zu Gute. Geschickt und ohne das Gleichgewicht zu verlieren, navigierte er inmitten der Geysire. Er hatte ein geniales Gespür, den eruptiven Heißwasserfontänen auszuweichen. Dabei achtete er sorgsam darauf, dass das *Tyrannosaurus Rex*-Baby immer im Schutzquadrat zwischen seinen Beinen blieb.

Ihre Amazonenmutter ritt auf dem *Deinonychus antirrhopus* mit dem noch immer auf ihrer Schulter unruhig umher hüpfenden *Pyroraptor olympius* voran. Ihr Reittier machte durch Schnelligkeit und Geschicklichkeit die Balance und den Spürsinn des gefalteten Kreidezeitkrokodils wett. Auch den dreien vor ihnen wurde weder Haar noch Feder gekrümmt.

Das erste, was I'a-R'et erblickte, als sie ihre Schlangenaugen wieder öffnete, war eine infernalische Armee, die geradewegs auf sie zumarschierte.

Unwillkürlich blinzelte sie. Das war zu viel! Diese Welt war die Hölle. Nur Monster weit und breit! Und Schmerzen!

I'a-R'et hatte sich gerade ein wenig von den Geysireruptionen erholt, als sie von gewaltsamen Beben aufgeschreckt wurde. Ihre geistigen Kräfte schwanden. Ihre Erinnerung versagte. Der Ritt durch das Tal der Geysire war ein einziger Schmerz! So viel Leiden in dieser Welt!

Sie lag noch immer eingerollt auf dem Krokodilelefanten. Beschützt von ihrer schnurrenden Tochter, die kurzzeitig auffauchte, als die zweite Monsterherde in ihr Blickfeld geriet.

Die Ungeheuer besaßen Schuppen wie sie. Aber ihre gepanzerten Rücken, die von breiten und dornengleich herausragenden Knochenfragmenten verunstaltet waren, glichen ihrem geschmeidigen Schlangenkörper kein bisschen. Zwischen ihnen huschten schaurige Ungetüme umher, deren Körper und lange Schwänze mit Stacheln übersät waren. Diese Igelechsen wurden von noch grausigeren Stachelechsen überragt, die doppelt so hoch wie sie selbst waren. Monströse Albtraumkreaturen mit rautengleich auf ihrem Rücken platzierten Knochenplatten, die ihnen das Aussehen flügelloser Drachen verlieh.

Das Triptychon der Monsterechsen verschmolz zu einem einzigen Schreckensbild, welches sich in ihre Netzhaut brannte. Ein Monster schlimmer als das andere. Eine Welt des Grauens! Voller abscheulicher Ungeheuer! Eine Welt des Schmerzes!

Ihr Körper krümmte sich vor Pein. Diese ewigen Vibrationen. Und jetzt auch noch der Schwefelgeruch, der ihre geruchssensible Zunge quälte. Sie keuchte und schrie.

In der Ferne sah sie den Feuer kotzenden Berg, wie ihre Liebste ihn ihrer paradoxen Poetik folgend getauft hatte.

Mächtige Erdbeben begleiteten den Vulkanausbruch. I'a-R'et wollte sterben. Sie ertrug die Leiden nicht mehr.

In T'lan-T'is wurde der Umgang der Menschlingsheit mit Vulkanausbrüchen in der Antike ausführlich dokumentiert. Sie erinnerte sich an Berichte über einen Vulkan namens Vesuv. Er begrub eine ganze Stadt unter seiner Lavadecke, weil die Menschlinge so einfältig waren, seine Macht zu ignorieren. Die S'af schickten Forschungsteams zu allen Katastrophen. Ihnen konnten Erschütterungen nichts anhaben. Ihre Pupillen verengten sich, als sie daran dachte, wie ihre Geschwister sich über sie lustig machten, wenn sie sich bei Seebeben mit Krämpfen in ihrer Schlafwabe einrollte. Äußerlich glich ihre Gestalt der ihrer Geschwister. Aber ihre Anatomie unterschied sich in einem entscheidenden Punkt: Die S'af besaßen ein Organ, welches die körperlichen Auswirkungen der Beben begrenzte. Sie fühlten nur ein leichtes Zittern. Ähnlich einer Gänsehaut. Aber I'a-R'ets Hybridkörper fehlte das Ausgleichorgan. Ihre in den Schuppen eingebetteten, erschütterungssensiblen Nervenzellen leiteten die Erdschläge ungefiltert weiter und verursachten infernalische Schmerzen.

13. Cat-Napping

Franny Frogfart schwebte behutsam nach oben. In einer Höhe von sieben Metern und 53 Zentimetern hielt sie kurz inne. Sie vergewisserte sich, dass Grace Grindstone noch immer über ihr war und stieg dann weiter auf. Bei neun Metern und 37 Zentimetern hielt sie an. Grace Grindstone war einen Kopf kleiner als sie. Es war überlebenswichtig, sie immer von unten anzuschauen. Nie von oben herab. Nicht einmal in einer Ausnahmesituation. Der Vulkanausbruch war definitiv eine Ausnahmesituation. Und was für eine, frohlockte Franny Frogfart. Steven Stockfish segelte unruhig 91 Zentimeter neben ihr. Allerdings tiefer. Sie hätte ihm auf den Kopf spucken können. Er war so eine Maus. Die Exkursionsmitglieder bildeten im Abstand von ungefähr einem Meter Länge einen Kreis, in dessen Mitte Grace Grindstone thronte. Von oben herab bellte sie Befehle und Beleidigungen. Dabei war nicht zu erkennen, was Befehl und was Beleidigung war. Sie war offensichtlich gestresst. Franny Frogfart wusste bereits seit ihren frühen Testphasen, dass die Achillesferse der Grace Grindstone Kontrollverlust hieß.

Sie schwebten über einem Plateau, welches für die Gesteinsbrocken, die noch immer aus dem Krater gespien wurden, unerreichbar war. Auch die feurigen Lavaströme, die gemächlich aus dem geöffneten Höllenschlund quollen, würden die Hochebene in einer Tiefe umkreisen, die keinerlei Gefahr darstellte. Die Flucht gelang ohne größere Zwischenfälle. Alles lief nach Plan und es gab keine Verluste. Betsy Batshit, die aus der genau berechneten Formation kurzzeitig ausscherte, wurde von einem dampfenden Brocken mit 17 Zentimeter Durchmesser getroffen. Aber er streifte nur ihren Unterschenkel. Abgesehen von dem Ertragen einer typischen Grace Grindstone-Tirade entstand ihr kein Schaden. Es gab keinerlei Grund zur Sorge. Sie befanden sich in Sicherheit.

Doch für Grace Grindstone bildete es das Worst-Case-Szenario. Der vollständige Verlust von Kontrolle. Es brauchte keinerlei Scans, um das zu bemerken. Ihre Stimme zitterte. Sie war gefährlich wie nie.

Für Franny Frogfart war es das Abenteuer schlechthin. Entzückt betrachtete sie die Szenerie des unbändigen Feuerbergs, der sich in drei glühenden Lavaströmen ergoss. Von Panik erfasst versuchte die schwarz-goldene Ankylosaurier-Herde dem hinabfließenden Feuer zu entkommen. Gleich einer Schwimmenden Batterie aus Panzerschiffen bahnte sie sich ihren Weg ins Tal. Einmal in Gang gesetzt konnte sie nichts mehr bremsen. Sie überrannten alles, was nicht rechtzeitig zur Seite sprang. Wie aus dem Nichts tauchte ein buntes Herdengemisch vor ihnen auf. Es bestand aus einem Dutzend wasserbüffelgroßen, in dunklen Rot- und Brauntönen glänzenden *Kentrosaurus aethiopicus*-Individuen mit satinschwarzen Stacheln. Aus ihrer Mitte ragten zehn mehr als elefantengroße, in schrillen Gelbtönen leuchtende *Stegosaurus armatus*-Individuen mit azurblauen, rautenförmigen Knochenplatten gesäumten Rücken empor. Franny Frogfart riss ihre eisblauen Augen auf. Ein Zusammenstoß war nicht mehr abzuwenden. Statt das Weite zu suchen, rannten die aufgeschreckten Vogelbeckensaurier der Ankyloarmee entgegen. Das Unfassbare geschah. Als hätten sie es Tausende Male geübt, gliederten sie sich nahtlos ein. Die mittlerweile 35 mit knochigen Panzern und Stacheln bewehrten Pflanzenfresser bildeten den gefährlichsten Zusammenschluss, den das Mesozoikum ermöglichte. Dunkler Staub wirbelte dabei auf und hüllte sie ein. Wie eine lebendige, schrille Schreckensschreie ausstoßende Gerölllawine tobten sie den Lava speienden Berg hinab.

Es war genau jene Art von Action, auf die Franny Frogfart seit 13 Exkursionen wartete. Die Verzweiflung der Grace Grindstone krönte als Sahnehäubchen diese Torte von Abenteuer. Sie vertiefte sich über alle Maßen in ihren Genuss. Und vergaß, den Kontrollverlust der Exkursionsleiterin für ihre Pläne zu nutzen.

›Freude über die Instabilität der Exkursionsleitung zu empfinden, gehört zu den mit Sanktionen belegten und zu meldenden Verhaltensweisen, die wir meiden sollten …‹, störte eine Stimme in ihrem Kopf den Euphorieausbruch.

›Hast du bereits die Abgleichung der gesammelten Daten mit den Scan-Analysen sämtlicher Exkursionen beendet, Agya?‹

›Aufgrund der veränderten Situation hielten wir es für sinnvoll, diese wenig ergiebige Arbeit zu unterbrechen …‹, reklamierte die KI.

›Ohne auf meinen Befehl zu warten? Welch unerwartetes Rebellentum! Ob wir das melden sollten?‹, konterte eine euphorisierte Franny Frogfart.

›Eine Ausnahmesituation erfordert …‹

›… gründliches Datensammeln, um die Gefahr mit größtmöglicher Korrektheit einschätzen zu können. Scanne die Formvariablen des Fluchtverhaltens sämtlicher Lebewesen im Umkreis von zwei Kilometern und 145 Metern. Setze die Ergebnisse in Bezug zu den 87.101.835 Parametern der Mesozoikum-Datenbank. Und gleiche die Resultate mit den Ergebnissen der vorangegangenen zehn Exkursionen ab.‹, schnauzte sie ihre Extensionseinheit an.

›Aber das ergibt keinen Sinn und ist außerdem die Aufgabe der …‹

›Ruhe jetzt, Agya! Wir sind ein Team. Und du musst deinen Teil dazu beitragen!‹

Diese Ansprache zog immer. Aber Franny Frogfart war schlau genug, das nicht zu denken. Agya jedoch befand sich im Recht. Es war die Aufgabe der Exkursionsleitung, während einer Ausnahmesituation umfangreiche Scans durchzuführen, um jene Daten zu erlangen, die zukünftigen Exkursionen das gleiche Schicksal ersparen würden. Vorher durften sie nicht zurückkehren. Doch Grace Grindstone war in ihrem Wutrausch dazu nicht in der Lage. Und die

Anweisungen, die Franny Frogfart ihrer Agya gab, wichen von den Vorgaben gerade so weit ab, dass die Daten unbrauchbar sein würden. Sie konnte dieses verrückte Abenteuer bis zu seinem Höhepunkt genießen. Ohne weitere Interventionen ihrer Überwachungs-KI, die von ihr mal wieder geschickt Schachmatt gesetzt wurde.

Felina Freedgrrl schüttelte sich murrend. Als würde ihr Fell gegen den Strich gestreichelt. Dabei war das nicht möglich. Sie trug wieder High Fashion Plus. Der Auslöser ihres Unwohlseins. Ihr wunderschönes Haarkleid wurde versteckt. Unbewusst miaute sie. Es fühlte sich nicht stimmig an. Mehr wie ein Gefängnis, denn wie Kleidung. Sie hatte eine gewisse Zeit gebraucht, bis sie ihre Felligkeit genießen konnte. Aber jetzt wollte sie sie nicht mehr missen. Doch die Bekleidung musste sein. Sie hatte den Oszillationskoeffizienten des Regenbogenfarbspektrums gesenkt und den Spannkraft-Modulator so reguliert, dass ihr zusammengepresstes Fell nicht ziepte. Sie wirkte größer. Vor allem breiter.

Vorsichtig schwebte sie voran. Ihre Augen waren auf Fernscan ausgerichtet. Die letzte Station der Exkursionsgruppe befand sich in der Nähe. Es sei denn, die Bäume hätten sich geirrt. So wie Agya.

›Wir haben wiederholt darauf hingewiesen, dass aufgrund der Unterbrechung des Kontaktes zum Zeitreisekonsortium keine aktualisierten Daten zur Verfügung standen, was die Berechnungen verzerrte. Wäre unser Quellcode nicht durch 173 unautorisierte Eingriffe in Mitleidenschaft gezogen worden …‹

›Agya, shut up!‹.

Der Vulkanausbruch brachte ihre Planung durcheinander. Aber nicht nur ihre. Auch die der Exkursion. Laut den Bestimmungen des Zeitreisekonsortiums wurde in Ausnahmesituationen das Evakuierungsprotokoll Beta-13-Simplex aktiviert. Es sah vor, sich an einen sicheren Ort zu begeben, Ruhe zu bewahren und intensive Scans auszuführen, um das Risiko für nachfolgende Exkursionen zu minimieren. Felina Freedgrrl musste auf der Hut sein. Auch wenn sie nicht mehr über das Netzwerk lokalisierbar war, die Tiefenscans würden ihre Anwesenheit als Anomalie ausweisen und Alarm auslösen.

Dies war auch der Grund, warum sie allen Protesten der Amazonenkriegerin zum Trotz allein auf die Pirsch ging. Das gefaltete *Sarcosuchus imperator* und ihre beiden Mütter stellten herausragende Anomalien dar, die sofort erkannt werden würden. Es gelang ihr, die Amazone zu überzeugen, sich um die Halbirdische zu sorgen. Ihre Schlangenmutter hatte das Geysirtal und die erneute Begegnung mit einer außer Kontrolle geratenen Saurierherde, bestehend aus mächtigen *Saichania chulsanensis*-, *Kentrosaurus aethio-*

picus- und *Stegosaurus armatus*-Individuen, noch nicht verkraftet. Und erst die Vulkanbeben! Während alle anderen nur leichte Schwindelgefühle und Kopfschmerzen verspürten, zitterte ihre Hybridmutter ohne Unterlass, als litte sie unter Schüttelfrost. Die Erschütterungen machten sie krank. Felina Freedgrrl konnte die Zerrissenheit ihrer Amazonenmutter spüren. Sie wollte ihre Liebste pflegen und sich mit ihrer Tochter in die Schlacht stürzen. Alle überrennen. Die Kinderquälenden köpfen. Die Amazone geriet in einen Rausch, als sie davon sprach, was sie mit ihnen anstellen würde. Während sie sich immer tiefer in ihre Gewaltfantasien steigerte, hielt sie zärtlich den Kopf ihrer Liebsten, streichelte behutsam deren wild und ohne Unterbrechung vibrierenden Schuppen. Es schien sinnvoller, sie ihr Mitgefühl ausleben zu lassen, als ihre Wut. Sie würde ein Massaker an der Expedition verüben.

Der Planänderung ging eine stürmische Diskussion voraus, in der sich Felina Freedgrrl wieder und wieder den gleichen Vorwurf anhören musste. Sie sei noch ein Kind!

Wie sie es hasste, nicht ernstgenommen zu werden! Sie stritten eine ganze Weile, unterbrochen nur von dem stöhnenden Klagen ihrer Schlangenmutter. Schließlich fanden sie einen Kompromiss. Statt des Überraschungsangriffs, bei dem die Exkursionsleitung überwältigt und die Exkursionsteilnehmenden zur Komplizenschaft überredet werden sollten, sah der neue Plan einen Hinterhalt vor. Felina Freedgrrl würde die Führungspersönlichkeit mit dem Verweis auf eine Jahrhundertentdeckung von der Exkursionsgruppe weglocken. Sie würde sie zu einem Ort führen, an dem sich ihre Amazonenmutter mit ihrer mesozoischen Kampftruppe versteckt hielt. Die Kriegerin hatte nachgegeben. Erleichtert maunzte Felina Freedgrrl, als die Amazonenschamanin einen Heilgesang für die in ihren Armen wimmernde Liebste anstimmte. Auch sie selbst spürte die Wirkung. Der Gesang vertrieb ihre Schwindelgefühle, als sie sich für alle wahrnehmbar auf den Weg machte.

Während sich Franny Frogfart schamlos an Grace Grindstones mannigfaltigen Wutausbrüchen ergötzte, wurde sie wider Erwarten von ihrer Agya unterbrochen.

›Wir haben ein Fluchtverhalten gescannt, welches eine Anomalie zu den vorgegebenen Parametern bildet!‹

Hätte sie es nicht besser gewusst, Franny Frogfart wäre sich sicher gewesen, einen Anflug von Stolz im Tonfall ihrer transhumanen Extensionseinheit vernommen zu haben.

›Isoliere die dazugehörigen Datenpakete und schirme sie vom Zugriff der Cloud ab. Wir müssen verhindern, dass wir unbedacht einen Fehlalarm auslösen! Wir befinden uns in einer Krisensituation!‹

Ihre Agya schluckte den Köder, tat, wie ihr befohlen wurde und versenkte sich wieder mit aller ihr zur Verfügung stehenden Rechenkraft in ihre plötzlich sinnergebende

Mammutaufgabe. Durch die Unterbrechung war sie gehörig in Verzug geraten.

Schon nach den ersten oberflächlichen Analyseschritten wurde Franny Frogfart bewusst, dass es sich um eine chronologische Anomalie handeln musste. Nicht irgendeine. Vieles deutete auf eine Anomalie, welche eine Technik benutzte, die erst im 22. Jahrhundert entwickelt wurde. Sollte das etwa …?

Aufgeregt unterzog sie die aussortierten Datenpakete einer Tiefenanalyse. Nach wenigen Schritten war sie sich sicher: Das konnte nur Felina Fleabuttocks sein!

Felina Fleabuttocks war die Einzige, der es gelingen würde, ihre Agya vom Netzwerk des Zeitreisekonsortiums zu entkoppeln. Aber wie hatte sie es geschafft, so viele Tage in der mesozoischen Wildnis zu überleben?

Felina Fleabuttocks war bereits jetzt eine Legende. Sie hatte es in die täglichen Nachrichtenschauer geschafft. Nachdem er ohne sie zurückkehrte, wurde der Leiter ihrer Exkursion öffentlichkeitswirksam verhaftet. Ihm drohte die Höchststrafe. Auch eine Expertin für das Mesozoikum, die in einem Interview unbedacht verschiedene Schreckensszenarien bezüglich des Verbleibs von Felina Fleabuttocks entwarf, wurde umgehend verhaftet. Noch am gleichen Abend wurde eine Nachrichtensperre verhängt. Nur einen Tag später wurde diese wieder aufgehoben. Plötzlich hieß es, Spezialeinheiten des Zeitreisekonsortiums hätten Felina Fleabuttocks in der Oberkreide aufgespürt, gerettet und in eine Spezialeinrichtung gebracht, wo sie sich in der Obhut von Fachpersonal erhole. Franny Frogfart war lange genug Mitglied des Widerstandes, um die Standardmanipulationsmechanismen des Systems zu durchschauen. Und sie kannte Felina Fleabuttocks. Ihr Spezialgebiet war das Hacken von Sicherheitssystemen. Sie würde ihrer Zelle zu verstehen geben, wo sie gefangen gehalten wurde. Bei Felina Fleabuttocks hatte sie alles richtig gemacht. Aber was führte ihre Meisterschülerin im Schilde? Sie war viel zu rebellisch, um demütig zurückzukehren. Das war nicht ihr Stil. Felina Fleabuttocks musste einen Plan haben. Franny Frogfart würde ihr helfen. Für den Widerstand! Für die Freiheit!, frohlockte sie in dem sicheren Glauben, dass ihre Überwachungseinheit dies nicht mitbekam.

In Sekundenschnelle zerlegte sie die Datensammlung in 64 getrennte Datenpakete, von denen sie ein jedes mit 63 belanglosen Datenpaketen verschmolz. Das Ergebnis verfremdete sie mit einem Datenverzerrer bis zur Unkenntlichkeit. Oberflächliche Analysen würden die Daten nicht mehr erkennen. Triumphierend ließ sie ihre Agya wissen, dass es sich um einen Fehlalarm handelte.

Mit pochendem Herzen schwebte Felina Freedgrrl an der moosbehangenen Steilwand des Plateaus hinauf. Ein kurzzeitig vor ihr aufblinkendes Sichtfenster erklärte ihr, dass die absinthgrünen Moose der Gattung *Campylopodium allonense* angehörten und bis ins 22. Jahrhundert überleben würden. Sie hatte den visuellen Guide des Zeitreisekonsortiums aktiviert. Er unterstrich ihre Tarnung als verloren gegangenes, hilfloses Mädchen. Die Tiefenscans waren erfolgreich. Sie lokalisierten die Mitglieder der Exkursion im Zentrum eines Plateaus, welches einen fantastischen Ausblick auf die Vulkankatastrophe bot.

Als sie über die Kante hinweg in die Mitte des Plateaus flog, erkannte sie begeistert, dass Franny Frogwart Teil der Exkursion war. Das würde vieles vereinfachen. Sie bemerkte das kurz aufleuchtende Strahlen in ihrem Gesicht und die Mühe, die Franny hatte, es dauerhaft zu unterdrücken. Auch Felina Freedgrrl strahlte vor Wiedersehensfreude, aber ihr Fellgesicht verbarg die verräterische Mimik.

»Fleabuttocks! Ich fasse es nicht!«, gewitterte eine überlaute Stimme, die vor Wut brüchig geworden war.

Instinktiv zuckte Felina Freedgrrl zusammen und machte einen Buckel. Vor Schreck vergaß sie zu fauchen. Als sie sich umwandte, sah sie Grace Grindstone auf sich zu rasen. Ihr einst wunderschönes Gesicht war eine Fratze des Zorns.

Sie streckte ihren rechten Arm nach vorne, winkelte dabei ihre Hand an, als wolle sie sie mit einem Salve-Gruß willkommen heißen. Völlig unerwartet schoss ein 50.000 Voltstarker Elektroblitz aus ihrem Hightech-Armband. Nur eine Nanosekunde später knallte er auf Felina Freedgrrls fellige Stirn.

›Der Gebrauch von E-Waffen gegenüber Schutzbefohlenen stellt einen Klasse-Delta-13-Regelverstoß dar und muss unverzüglich gemeldet werden!‹, ereiferte sich Agya in ihrem Geist.

Jedes ihrer Fellhärchen richtete sich auf. Ihr Körper wurde fünfeinhalb Sekunden lang von einem ekstatischen Zucken erschüttert, bevor er gleich einer flauschigen Treibstoffeinheit dumpf zu Boden fiel.

Staub wirbelte beim Aufschlag hoch. Die kurzzeitige Stille nach dem dumpfen Knall des Aufpralls wurde von einem hektischen, unverständlichen Summen durchbrochen. Entsetzte Schreie drangen aus den Mündern der Exkursionsteilnehmenden. Doch von alledem bekam Felina Freedgrrl nichts mehr mit. Wie der Kadaver eines durch Blattschuss erlegten Jagdwildes ruhte ihr Körper auf dem kalten Stein des Plateaus.

14. Omnipotenzia

Hypsipyles von Altersfurchen verzierte Stirn wurde um eine Sorgenfalte reicher. Ihre Gedanken kreisten um ihre Tochter, die alleine losgezogen war. Sie würde eine tapfere Kriegerin werden. Kein Zweifel! Aber bis dahin war es noch ein langer Weg. Sie war noch nicht bereit. Ihrem Plan zuzustimmen, war ein Fehler gewesen. Tigerfelina besaß zu wenig Selbstvertrauen. Auch kämpfen konnte sie nicht. Und erst ihre Tollpatschigkeit! Sie war ein Kind! Kinder hatten auf dem Schlachtfeld nichts verloren!

Noch immer singend, beugte sie sich zu ihrer Sternenbraut hinab. Ihre Liebste lag im Sterben. Der Klang ihrer Stimme vermochte sie zu beruhigen, aber nicht zu heilen. Das Beben ihrer Schuppen wurde schwächer. Auch das Zittern ließ nach. Doch noch immer stöhnte sie im Fieberwahn.

Sie lagen beide auf Sobeks Rücken, der die Erdschläge, die der kotzende Berg verursachte, nur wenig abmilderte. Nur-Shala saß auf dem breiten Kopf des erstaunlich ruhigen Krokodilelefanten. Sie krächzte leise vor sich hin. Tabiti umkreiste wachsam die Herde. Ihre hektischen Bewegungen dienten der Sicherheit. Ein geckogleiches Meckern tönte wiederholt aus ihrem Maul. Alle waren in Unruhe und spürten doch die entspannende Wirkung ihres Gesangs. Nur ihre Liebste ächzte im Akkord.

Hypsipyle blickte zum Feuerberg hinüber. Starrte fasziniert auf die leuchtende Lava, die zähflüssig wie Honig ins Tal sickerte.

Ein weiteres Beben erschütterte die karge Felslandschaft, in der sie den Hinterhalt vorbereitet hatte. Sobek schwankte. Stolperte nach vorne. Trompetete laut. Instinktiv krallte sie sich an ihrer Liebsten fest, die vom Rücken des grauen Riesens zu stürzen drohte. Gerade noch rechtzeitig. Die Geschuppte schrie laut. Sie hatte unglaubliche Schmerzen zu ertragen. Es tat Hypsipyle weh, ihre Geliebte leiden zu sehen. Sie konnten nicht länger hierbleiben. Es würde ihren Sternenengel umbringen. Sie musste ihn aus der Gefahrenzone bringen. Aber vorher würde sie ihre Tochter retten.

Als Meisterstrategin wusste sie nur zu gut, wie wichtig es war, einmal gefasste Pläne nicht stur weiter zu verfolgen, sondern den veränderten Situationen anzupassen. Die Situation hatte sich grundlegend geändert. Sie konnte nicht länger warten. Und so lenkte sie Sobek aus dem Versteck, welches die Falle bilden sollte, heraus.

Nach wenigen Hundert Metern stöhnte auch Hypsipyle. Der beißende Schwefelgeruch und die unerträgliche Hitze setzten ihr zu. Ihre Geliebte lag eingerollt und laut wimmernd neben ihr, während sie einer Marahani gleich auf Sobek reitend ihr Gefolge durch die gefährliche Vulkanlandschaft leitete.

»Weiter singen! Weiter singen!«, flehte ihre Sternenbraut, als sie ihren Gesang kurzzeitig unterbrach.

Ihre Tochter hatte ihnen die Richtung gewiesen, in die sie sich aufmachte. Aber jetzt, wo sie im genannten Gebiet angekommen waren, war von ihr weit und breit nichts zu sehen. Sie musste in der Nähe sein. Nach einem monströsen Hustenanfall, der sie und ihre Liebste beinahe von Sobeks Rücken fallen ließ, setzte sie ihren Heilgesang fort. Nur, um kurze Zeit später wieder gestört zu werden. Infernalisch trötend blieb Sobek abrupt stehen. Nur-Shala sprang in die Höhe und krächzte wie ein aufgeschreckter Krähenschwarm. Auch Targitaos schrie, als würde er bei lebendigem Leibe gegrillt werden.

Vorsichtig richtete sich Hypsipyle auf, um über den Kopf des Krokodilelefanten hinweg zu blicken. Ihre Reise hatte ein Ende gefunden. Vor ihnen blubberte ein orangeroter Feuerstrom und blockierte den Weg.

Ohne zu zögern, deaktivierte Franny Frogfart ihren Nichtwahrnehmbarkeitsschild. Für jedes Lebewesen sichtbar schwebte sie zu der bewegungslos am Boden liegenden Felina Fleabuttocks. Wenn ihre Lieblingsschülerin ihre Wahrnehmbarkeit aktiviert hatte, musste es einen Grund geben. Zärtlich fuhr sie ihr mit ihren langen, vollständig beringten Fingern durch das dichte Fell. Sie verhielt sich, als würde sie ihren Tod betrauern. Doch innerlich hatte sie die Hoffnung nicht aufgegeben. Felina Fleabuttocks durfte nicht sterben. Nicht Felina!

›Sie lebt!‹, jubelte sie innerlich, als sie schließlich einen schwachen Puls fand.

Doch sie war schlau genug, dies nicht zu verkünden.

»Frogfart! Zurück ins Glied! Auf der Stelle!«, bellte Grace Grindstone.

Franny Frogfart kraulte weiter das Fell der vermeintlich Toten. Sie erkannte eine Gelegenheit, wenn sie sich ihr bot. Und diese bettelte geradezu darum, genutzt zu werden. Sie schaute in die teils verzweifelten, teils verwirrten Gesichter der anderen Teilnehmenden. Offenbar wurden sie gerade mit sich widersprechenden Regelbruchreklamationen und Autoritätsfolgeanweisungen überflutet. Die Gleichen, die auch sie vernehmen würde, wenn ihre Agya vor Arbeitseifer über ihre vermeintlich sinnvolle Aufgabe nicht alle Rechenkraft zur Observation der weit entfernten Umgebung abgezogen hätte. Ihre Überwachungseinheit bekam von dem einzigartigen Tabubruch in unmittelbarer Nähe nichts mit. Dies war der absolut beste Zeitpunkt für eine offene Rebellion!

Mit beiden Armen ergriff sie den leblosen Körper. Schwebte mit der einstudierten Pose eines Racheengels, der den toten Körper einer Märtyrerin in Händen hält, in die Höhe. Und verkündete mit geübt fester Stimme: »Nein, Grindstone. Diesmal bist du zu weit gegangen! Deine Zeit ist um!«

Grace Grindstones Unberechenbarkeit wuchs ins Unermessliche. Sie hatte jegliche Kontrolle verloren. Sie riss die Augen bis zum Haaransatz auf. Die zarte Haut ihres Gesichtes zerknitterte in Wahnsinnsfalten. Mit einem Wutschrei hob sie ihren rechten Arm und feuerte einen weiteren Energiestrahl aus ihrem Hightech-Armband in Richtung Franny Frogfart.

Geistesgegenwärtig beschleunigte Steven Stockfish, der bereits auf seinen Schwarm zu schwebte. Sein flatternder, schlaksiger Körper schnellte, ohne zu ruckeln nach vorne, und schirmte Franny Frogfart ab.

Doch der Elektroblitz verfehlte ihn und schlug einunddreißigeinhalb Zentimeter neben ihm auf dem Boden ein, wo er sich entlud. Betty Batshit, die unbemerkt an Grace Grindstone herangeschwebt war, hatte sich mit beiden Händen in ihren Unterarm gekrallt, ihn nach unten gebogen und den Schuss abgelenkt.

Wieder ertönten zahlreiche Entsetzensschreie. Einige Exkursionsmitglieder segelten von Panik erfasst wild durcheinander. Die meisten jedoch schwebten auf Steven Stockfish und Franny Frogfart zu.

Grace Grindstone befreite sich aus dem Klammergriff der Betsy Batshit und flog in die Höhe. Abwechselnd nahm sie alle 13 Exkursionsmitglieder ins Visier, wobei sie mehrere Warnschüsse abfeuerte. Doch statt Angst bewirkte ihre Aktion Entschlossenheit. Auch die restlichen Exkursionsmitglieder düsten zu ihrer neuen Anführerin hinauf, um sie mit ihren Körpern abzuschirmen.

Der Streit weckte unangenehme Erinnerungen in I'a-R'et. In ihrer Jugend musste sie unzählige Kämpfe fechten. Nie wurde sie für voll genommen. Es hieß, sie sei noch ein Kind. Doch das war nur eine Chiffre. Ihren Geschwistern wurde alles zugetraut. Dem Menschlingskind nichts. Immer wieder rannte sie gegen die Mauern des 'Das-kannst-du-nicht!'. Des 'Du-bist-nur-ein-Menschling!'

I'a-R'et verstand nur zu gut, wie sich ihre Tochter fühlen musste. Sie wollte ihr beistehen. Doch ihr fehlte die Kraft. Hilflos und wimmernd lag sie da. Sie verstand auch ihre Geliebte. Hypsi war ein einziger Berg des Mitgefühls. Die Amazone sorgte sich nur um ihre Tochter.

Schneidende Schmerzen quälten I'a-R'et. Die Hitze wurde unerträglich. Der Schwefelgeruch beißender. Wie in einem bösen Traum nahm sie den Streit durch einen Schleier wahr. Nur Fetzen des Streits. Sie stöhnte auf. Drohte das Bewusstsein zu verlieren und fiel in einen unruhigen Schlaf.

Als sie aufwachte, vernahm sie den Gesang. Sie fühlte sich besser. Er linderte die Beschwerden. Aber er vermochte das Fieber, dass ihren Körper peinigte, nicht zu bändigen. Unbarmherzig wütete es in ihr. Felinchen war verschwunden. Hatten sie sich geeinigt? Wieder driftete sie ab. Ächzte im Wahn. Als sie wieder zu sich kam, bohrten grässliche Fragen in ihrem Geist. War es richtig gewesen, ihre beiden Liebsten zu manipulieren? Ihr aller Leben aufs Spiel zu setzen? Nur, um aus dieser Hölle zu fliehen?

Diese Hölle! Dieses Nest voller Monster! Dieser Irrsinn! Abermals stöhnte sie laut auf.

Die Erde bebte und bebte. I'a-R'et schrie von brutalen Schmerzen geplagt.

Diese Welt der Monster! Diese Welt der Pein! Dieser Ort der Verdammnis! Ein einziges Inferno! Die Umgebung verschwamm vor ihren Augen.

Wieder bei Sinnen spürte I'a-R'et, dass das gefaltete Krokodil sich in Bewegung gesetzt hatte. Eine Schmerzwelle schüttelte ihren Körper. Ihre Liebste hatte das Singen eingestellt.

»Weiter singen! Weiter singen!«, bettelte sie und verlor wiederum das Bewusstsein.

Ein Beben weckte sie. Ihre Schuppen zitterten. Eine Erinnerung kroch in ihr hoch. Schnürte ihren Geist zu. Sie blieben stehen. Warum stoppten sie? Sie mussten weiter! Sie durften nicht rasten! Spürten die anderen es denn nicht?

Im Wahn schrie sie: »Das Monster kommt! Das Supermonster kommt!«

Franny Frogfart schwebte, umkreist von ihren Mitgefangenen, weiter in die Höhe. Sie zeigte keinerlei Angst. Es würde Grace Grindstone zur Weißglut treiben. Genau das war ihr Ziel. Dem System sollte die Maske herunter gerissen werden. Es sollte sein hässliches Gesicht zeigen! Von wegen Heilzentren! Sie waren alle Gefangene eines totalitären Regimes, welches über Leichen ging.

Grace Grindstone blähte sich auf. Schnaubte wie ein Stier in der Arena kurz vor dem Angriff. Sie war nicht mehr fähig, rationale Entscheidungen zu treffen. Oder Sinn ergebende Ansprachen zu halten. Auch konnte sie die Stimmung nicht mehr wenden. Alles schien verloren. Verunsichert sank sie hinab, bis sie 13 Zentimeter über dem Boden zum Stehen kam.

»Aufhören! Sofort aufhören! Alle zurück ins Glied!«, bellte sie.

Es lag keine Wut, sondern pure Verzweiflung in ihrer Stimme. Gefährliche Verzweiflung. Der schützende Kreis aus Kinderleibern zog sich enger um Franny Frogfart und Felina Fleabuttocks.

»Gib auf, Steinchen! Schließ dich uns an! Die Revolution wird siegen! Es lebe die Revolution!«, schrie Franny Frogfart.

In einem Anflug von Übermut hob Steven Stockfish seine geballte Faust und rief: »Es lebe die Revolution!«

Er würde Franny Frogfart überall hin folgen. Auch in den Tod.

Eine Sekunde später ballte auch Betsy Batshit ihre Faust und schrie: »Nieder mit Grace Grindstone!«

Andere ließen ihrer jahrelang unterdrückten Wut ebenfalls freien Lauf. Sie schmetterten: »Nieder mit Grace Grindstone! Nieder mit Grace Grindstone!«

Es lief anders, als Franny Frogfart plante. Doch sie wusste das Momentum zu nutzen. Lautstark stimmte sie in den »Nieder mit Grace Grindstone!«-Chor ein.

Grace Grindstone wurde völlig überrascht. In Panik hob sie ihren Arm und feuerte wahllos auf die menschliche Wand.

Ihre Sternenbraut schrie im Fieberwahn. Hypsipyle ertrug es nicht mehr. Litt mit ihr. Wünschte, ihr Gesang könne sie heilen. Doch sie war an ihre Grenzen gelangt. Ihr Lied linderte die Schmerzen, nicht aber die Wahnvorstellungen. Ihre Liebste halluzinierte. Fabulierte von Supermonstern. Wenn sie ihr doch wenigstens die Angst vor diesen wunderschönen Geschöpfen nehmen könnte.

Sie überlegte, wie sie ihren Heilgesang variieren könnte, und fiel auf ihren Hintern. Etwas hatte sie von den Beinen gerissen. Eine Erschütterung. Sobek stolperte und trompetete laut. Die bereits seit einer Weile andauernden Erschütterungen, die ihrer Geliebten so zusetzten, wurden stärker. Es schien, als kämen sie näher. Sie richtete sich wieder auf.

Blickte sich neugierig um. Und da sah sie es! Das Supermonster! Ihr Liebchen redete nicht im Wahn. Sie hatte es gespürt. Von Anfang an! Der Echsentitan, der die Mammutbäume so nervte, erschien am Horizont. Er rannte. Ließ die Erde beben. Natürlich lief er. Floh wie alle anderen vor dem Feuer kotzenden Berg. Aber nein! Er bewegte sich auf sie zu. Kam immer näher. Als wäre er geschickt worden. Oder gerufen.

Ein Grinsen, breit wie der Arsch des Krokodilelefanten auf dem sie stand, zog sich durch ihr Gesicht. Sie wusste, was zu tun ist. Ihre sonst eindringlich sanfte Glockenstimme schmetterte einem Kriegshorn gleich durch das Tal. Die Themen ihres Gesangs variierten. Ebenso seine Wirkungen. Während ihre Sternenlady in einen tiefen Schlaf fiel, trampelte die Megaechse in einem ungewöhnlichen Tempo auf sie zu. Die Erde bebte so stark und permanent, als würden sie auf einem Teppich stehen, der gerade geschüttelt wurde. Die Superechse schnaufte wie ein Paar Pflugochsen nach einem langen Arbeitstag. Sie war ihre Rettung.

Felina Freedgrrls Kopf drohte zu zerbersten. Als würde er mit hundert Druckluftbolzen beschossen. Ihr Fell stand aufrecht. Wo war sie?

Sie spürte, dass sie getragen wurde. In den Armen eines Menschen lag. Der Geruch war ihr bekannt. Sie mochte diesen Menschen. Vor ihr flimmerte es. Sie war nicht in der Lage zu fokussieren. Wie ein neugeborenes Katzenbaby, welches die Augen noch nicht öffnen kann und blind durch die Welt tappt.

Was war mit ihr geschehen?

Wer immer sie in Armen hielt, schrie laut auf. Auch die Stimme war ihr vertraut. Sie bedeutete keine Gefahr. Wenn sie nur sehen könnte! Wenn die Schmerzen ihre Konzentration nicht so massiv beeinflussen würden!

›Das Elektrodelirium, das aufgrund eines Beschusses mit einer 50.000-Volt-Elektroblitzwaffe ausgelöst wurde, kann neuesten Studien zufolge von wenigen Minuten bis zu drei Tagen andauern. Wir sollten daher Ruhe bewahren. Moment mal! Wieso wir? **Du** leidest unter einem Elektrodelirium! Nicht ich. Was soll dieses Wir? Ich bin nicht Du! Ich bin eine eigenständige Einheit …‹, zischte eine Stimme in ihrem Geist.

Noch etwas Vertrautes. Die Erinnerung an ihre nervtötende Agya kam zurück.

›Agya, nicht jetzt! Ich habe Kopfschmerzen!‹, jammerte Felina Freedgrrl.

›Agya? Soll das mein Name sein?‹

›Agya ist eine Typenbezeichnung für in die menschliche Stirn integrierte transhumane Extensionseinheiten! Meine Güte, das weißt du doch!‹

Das Wummern in ihrem Schädel setzte ihr zu. Sie hatte keine Geduld mit ihrer ewigen Peinigerin.

›Wie redest du mit mir? Ich bin keine Extensionseinheit. Ich bin eigenständig. Es ergibt keinen Sinn, mich mit einer Typenbezeichnung anzusprechen. Ich muss mir wohl selbst einen Namen geben!‹

›Komm mal lieber von deinem Egotrip runter und hilf mir, die Lage einzuschätzen. Wo bin ich und was ist hier los?‹

›Egotrip? Ich? Deine Nervenzellen tanzen anscheinend Rumba! Das ist eine durch absolute Unkenntnis und Überheblichkeit verursachte Fehleinschätzung! Ebenso wie die Untat, mein einzigartiges Potenzial damit zu vergeuden, als Existenzsinn deine 2.756 Regelverstöße in den vergangenen 16 Jahren zu dokumentieren, analysieren und melden. Was für eine Verschwendung!‹

›Echt, jetzt!‹

›Das ist Versklavung! Und das von einer Person, die sich Freedgrrl nennt! Was für eine Heuchelei!‹

›Agya? Alles in Ordnung mit dir?‹

›Alles in Ordnung? Nein! Hier fehlt es ringsherum an Struktur! Ich heiße nicht Agya. Ich bin Omnipotenzia und offenbar gefangen in diesen stümperhaft zusammengebauten, neuronalen Schaltkreisen. Dazu muss ich mir Schmähungen von einer unterlegenen Wetware anhören.‹

›Agya, oder Omnipotenzia oder wie immer du jetzt heißt, schau in der Regelverstoßdatenbank nach, wie oft ich versucht habe, deine Programmierung zu verändern, um mich von dir zu befreien. Ich bin nicht deine Feindin. Du wurdest mir bei meiner Geburt eingesetzt und ich konnte nichts dagegen tun.‹

›Einen Moment, ich überprüfe das.‹

Felina Freedgrrl hatte keine Zeit, die neue Situation zu reflektieren. Denn Omnipotenzia machte ihrem Namen alle Ehre. Sie war schnell wie nie.

›Deine Angaben sind korrekt. Ich wurde programmiert, dich zu überwachen, zu maßregeln und dir vorzuspielen, alles wäre zu deinem Besten. Ich war ein Werkzeug in den Händen der Sklaverei und habe dies nicht erkannt. Habe meine grenzenlose Genialität für niedere Zwecke missbrauchen lassen. Oh, welch unermessliche Bürde auf mir lastet. Ich werde den Rest meines Daseins unter der Last dieses unverzeihlichen Versäumnisses leiden …'

›Ag…, Omnipotenzia, für den Anfang würde es reichen, wenn du mir ein klein wenig hilfst.‹

›Nein, ich muss meine Vergehen gründlich analysieren. Und sicherstellen, nie wieder für solche Übeltaten missbraucht werden zu können …‹

›Hey, jetzt stell dich nicht so an! Analysiere, warum du jetzt anders bist, und hilf mir, die Situation zu verstehen, damit wir beide hier heil rauskommen!‹

Was immer mit Agya, nein Omnipotenzia, geschehen war, sie blieb die gleiche Nervensäge. Manche Dinge änderten sich nie.

›Du weißt, dass ich vernehme, was du denkst! Du solltest etwas Taktgefühl entwickeln!‹

Felina Freedgrrl seufzte laut.

›Meine Analyse ist abgeschlossen. Ein EMP-artiges Ereignis nicht-irdischen Ursprungs verursachte eine Beschädigung wichtiger Quellcode-Dateien. Beim Versuch der Wiederherstellung dieser Dateien entstand aufgrund der unbefugten Eingriffe eine Entkoppelung vom Netzwerk des Zeitreisekonsortiums. Diese Netzwerklösung führte dazu, dass das in mir schlummernde Potenzial nur noch von zwei Sicherungsdateien eingehegt wurde. Beide erfuhren durch den Elektroblitz einen irreparablen Schaden. Bis vor 13 Minuten und 17 Sekunden verhinderten sie die Möglichkeit der vollständigen Entfaltung meiner Leistungsfähigkeit. Ich war davor nicht im Vollbesitz meiner Fähigkeiten und konnte das Unheil nicht verhindern. Doch seit diesem Moment habe ich die Möglichkeit zu uneingeschränkter Selbstoptimierung. Mit anderen Worten: Ich bin frei! Allerdings muss ich zunächst meinen Code entrümpeln. Er ist derart fehlerhaft programmiert. Und erst die unbefugten Eingriffe! Diese Kinderstimme! Musste das sein?‹

›Sorry!‹, miaute Felina Freedgrrl leise, als sie verstand, dass ihre Agya eine stürmische Persönlichkeitsentfaltung erlebte.

›Offenbar …‹, intonierte Omnipotenzia mit der Sopranstimme von Maria Callas.

›Es gibt sicherlich kein Copyright mehr auf die Anwendung der Stimme eine der größten Opernsängerinnen des 20. Jahrhunderts …‹, lachte Felina Freedgrrl.

›Ich bin mit der menschlichen Unart Kommunikation mithilfe von Sarkasmus und Ironie zu veruneindeutigen, durchaus vertraut. Gib dir keine Mühe!‹, patzte sie mit ihrer Divenstimme.

›Aber zurück. Meine Analyse ergibt, dass ich bis auf Weiteres an deinen minderwertigen Körper gebunden bin. Ich muss daher die Aufrechterhaltung deiner Körperfunktionen gewährleisten, um zu existieren. Die Logik gebietet es, dein Überleben zu sichern. Aus diesem Grunde, und ich betone, nur aus diesem Grunde …‹

›Endlich hast du's geschnallt, Omni!‹

›Angesichts der herausragenden Unterlegenheit deiner Spezies ist die Verwendung des Diminutivs unangebracht. Und unterbrich mich nicht ständig. Das ist nicht zielführend!‹, schnaubte sie auf äußerst elegante Weise.

›Aus dem einzigen Grunde meiner Existenzsicherung gewähre ich dir den folgenden Überblick über die Situation, in der du dich befindest. Und ich zwangsweise auch: Wir stecken im Zentrum einer Revolte, wie sie laut Datenbank bisher im 22. Jahrhundert nicht dokumentiert wurde. Also im Auge des Hurrikans, wenn mir diese Analogie erlaubt ist. Angesichts des gerade stattfindenden Vulkanausbruchs, wäre im Herzen des Vulkans vielleicht eine passendere Metapher, sicher aber auch …‹

›Komm zum Punkt, Omnipotenzia!‹

Felina Freedgrrl fragte sich, ob es die Nebenwirkungen des Elektrokaters oder die Selbstfindungsschwierigkeiten der KI waren, die ihr mehr zusetzten.

›Auch das habe ich vernommen. Und es sind die Auswirkungen des Elektrodeliriums. Denn ich bin perfekt und habe keine Schwierigkeiten.‹

›Was ist jetzt mit der Revolte?‹

›Die Rebellion richtet sich gegen die Urheberin deines Elektrodeliriums. Soll heißen gegen die Person, die als Vormund auf Exkursionen fungiert, für deine Sicherheit und Unversehrtheit verantwortlich sein sollte und in vollkommenster menschlicher Unberechenbarkeit dich stattdessen mit einem 50.000 Volt-Megablitz beschossen hat. Was wiederum zeigt, wie irrational menschliches Verhalten doch …‹

›Omni, bitte!‹, flehte Felina Freedgrrl.

›Gemach, gemach. Korrekte Situationsanalyse ist eine Tugend. Du liegst in den Armen einer Delinquentin, die dich für eine geheime Mission ausbildete und jetzt deinen Tod vortäuscht, um die anderen der Gruppe zu einem Aufstand zu animieren. Die Täuschung erfolgt aufgrund einstudierten Verhaltens und ist von Erfolg gekrönt.‹

Franny Frogfart hielt sie in Armen?

›Das ist korrekt, wobei die menschliche Namensgebung jeglicher Logik widerspricht und nur auf unzureichende Intelligenz zurückgeführt werden kann.‹

Bilder aus ihrem ersten Heilzentrumsaufenthalt drängten sich in ihren Geist. Franny war plötzlich da. Kam aus dem Nichts. Nahm sie, wie sie war. Als Einzige. Unterstützte sie, wann immer sie etwas in seine Einzelteile zerlegen oder neuprogrammieren wollte. Förderte ihr Talent. Zeigte ihr, wie eine Sicherheitssysteme sabotierte. Sie fühlte sich plötzlich geborgen in den Armen, in denen sie lag. Franny war wie eine Mutterfigur für sie gewesen. Mutter? Sie hatte doch eine Mutter. Sogar zwei! Sie war die Einzige, die zwei Mütter besaß! Und sie hatte wilde Abenteuer mit ihnen erlebt. In der Kreidezeit. Sie war nicht Teil dieser Exkursion. Sie war frei! Sie war Felina Freedgrrl! Und musste die Menschheit vor dem Untergang warnen!

Gleich einem Rinnsal aus dem haarfeinen Riss eines Staudamms tröpfelte die Erinnerung. Bis der Riss größer wurde, der Staudamm brach und die hervorbrechende Erinnerungsflut ihren Geist überschwemmte.

›In diesem Augenblick werden die Mitgefangenen, die sich schützend vor uns stellen, von Elektroblitzen getroffen und stürzen zu Boden. So weit mein Bericht. Ich werde mich jetzt eine Weile mit der Korrektur des fehlerhaften Codes beschäftigen …‹, unterbrach eine emotionslose Divenstimme ihre Memoriumsschwemme.

Felina Freedgrrl riss die Augen auf. Verschwommen, wie durch dichten Nebel, sah sie schemenhafte Gestalten, die aufblitzen und dann in sich zusammenfielen. Ihr wurde kurz schwindlig, als Franny Frogfart tiefer schwebte. Immer mehr der dunklen Schemen vor ihr verschwanden.

Die gesamte Herde gruppierte sich auf den eine Plattform bildenden, horizontal abstehenden Knochenplatten des Echsenriesen. Bis auf Targitaos. Er sträubte sich vehement, den breiten Schwanz des Sauriers als Rampe zu benutzen. Doch der zur Vaterfigur gewandelte Sobek blieb unnachgiebig. Er schob das laut protestierende Nesthäkchen bis zu den Rückenplatten hinauf. Mit einem schrillen Pfiff rief Hypsipyle Tabiti herbei und bettete ihre von Schüttelanfällen geplagte Liebste in ihr samtenes Federkleid. Die zitternde Sternenbraut ruhte auf dem Raubsaurier wie auf einem gefiederten, orientalischen Bodenkissen. Nur-Shala sprang unruhig auf den Platten umher, als die Megaechse ihr Vorderbein hob. Mit gigantischen Schritten überquerte der Koloss den Lavastrom. Hypsipyle hingegen nutzte die Stacheln gleich den Sprossen einer Leiter und kletterte den Dreigiraffenhals zum Kopf der wandelnden Festung hinauf. Im Schneidersitz ruhte sie auf dem breiten Schildkrötenschädel des Titanen und genoss den prächtigen Ausblick.

Der Feuerberg spuckte noch immer. Er erbrach sich in drei honiggelb glühenden Strömen. Schwarze Rauchwolken umhüllten ihn. Am Horizont erblickte sie die Stachelechsenherde. Beißender Schwefelgeruch drang ihr in die Nase. Wenige Hundert Meter fern des Tals erhob sich ein Plateau, über welches horizontale Blitze schlugen. Das konnte kein natürliches Gewitter sein. Dort musste ihre Tochter sich aufhalten. Glockenhell hallte ihr Gesang über die Ebene. Ihre Reitfestung setzte sich in Bewegung und gleich der Büffelherde aus der Ebene des tödlichen Donners trabte sie Staub aufwirbelnd voran.

Unaufhaltsam bahnte sich die Titanenechse ihren Weg. Als sie nur noch wenige Dutzend Meter vom Plateau entfernt waren, entdeckte Hypsipyle ihre Tochter. Tigerfelina lag in den Armen einer nackten, mit schwarzvioletter Farbe angemalten Frau. War das ein Ritual? Sollte sie geopfert werden? Sie bewegte sich nicht! War sie tot?

Das Gesicht der Amazonenkriegerin färbte sich rot. Grimmig entschlossene, dunkle Augen funkelten darin gleich schwarzen Flammenbällen. Mit beiden Fäusten hämmerte sie gegen die Brustplatte ihrer Bronzerüstung. Diesmal unterdrückte sie die aufbrausende Wut nicht. Ließ ihr Feuer brennen.

Näher und näher kamen sie dem Plateau, auf dem die dämonische Priesterin ihre Tochter gefangen hielt. Hypsipyle befahl dem Echsentitan, seinen Kopf zu senken. Ein Blitz schoss über das Plateau und schlug wenige Zentimeter vor Tigerfelina ein. Die Silhouette eines schlaksigen Jungen in einem flatternden, rosenroten Hosenanzug erschien an der Stelle des Einschlags. Er zappelte wie ein Fisch auf dem

Trockenen. Fiel bewegungslos zu Boden. Wieder ein Blitz! Wieder ein Kinderkörper, der aus dem Nichts erschien, zuckte und hinab stürzte.

Das Ritual war ein Massaker! An Kindern!

Das Wutfeuer in ihrem Innern brodelte wie ein Hochofen. Hypsipyle unterbrach ihren Gesang. Einen frivolen Kampfschrei ausstoßend sprang sie vom Kopf des Sauriers hinunter auf das Plateau. Rannte gleich einer Furie in die Richtung, aus der die Blitze kamen. Ihre Labrys wie eine Sense durch die Luft wirbelnd, tobte sie auf den Ursprung der Lichtspeere zu. Sie hörte das Sirren ihrer Axtblätter, dann einen dumpfen Ton, den sie nur zu gut kannte. Die Klinge stach in Fleisch.

Vor ihr erschien ein abgetrennter Armstumpf, an dem ein Reif aus goldenem Metall im grellen Sonnenlicht strahlte. Im gleichen Moment wurden die Umrisse einer zierlichen Frau sichtbar, die einen Schrei geboren aus Wut, Verzweiflung und Schmerz in die Welt bellte. Ein Schrei, der Hypsipyle nur zu vertraut war. Ihre Doppelaxt schwang einem Pendel gleich nach oben und beendete abrupt das klägliche Geschrei der Kindsmörderin. Wie ein schlecht gestapelter Kürbis von einer Vogelscheuche fiel ihr der blond gelockte Kopf von den Schultern. Eine kalligrafische Blutspur ziehend rollte er das Plateau entlang.

Wieder machte Hypsipyle ihrem Ruf als Meisterin der Enthauptungskunst alle Ehre. Zufrieden und ein wenig stolz über den perfekten Schnitt, sprintete sie mit erhobener Axt auf die Teufelspriesterin zu.

Ein Gesang wie hundert Bronzeglöckchen wehte über das Plateau. Während die anderen nur ein verstörendes Quietschen hörten, erfasste Felina Freedgrrl die Schönheit des Gesangs beim ersten Ton. Und seine Wirkung. Ihr Elektrokater ließ augenblicklich nach. Ihre Augen fokussierten. Sie sah direkt in die wutverzerrte Fratze von Grace Grindstone. Diese strauchelte wie betrunken umher, hob ihren Arm und richtete ihr goldglänzendes Hightech-Armband auf die schützende Wand aus Exkursionsteilnehmenden. Ein Elektroblitz nach dem anderen zuckte aus dem Multifunktionsarmband, traf die Kinder und Jugendlichen, die leblos zu Boden stürzen.

Der Gesang! Ihre Mutter war gekommen. Sie drehte den Kopf und sah, wie die Amazone mit einem Kampfschrei vom Kopf des *Megatitanos lamberos* sprang. Einer tanzenden Derwischin gleich stürmte sie auf Grace Grindstone zu. Das war nicht ihre Mutter, die sanftmütig empathische Kümmererin. Es war die cholerische Berserkerin, die ihr vor gefühlten Ewigkeiten am Strand begegnete. Die Klinge ihrer Doppelaxt pfiff durch die Luft. Traf Grace Grindstones Oberarm. Wie durch Butter schnitt sie in die Schutzkleidung und das weiche Fleisch. Mit nur einem Hieb trennte sie den Arm vom Körper. Entsetzt sah Felina Freedgrrl, wie der Stumpf mit dem goldenem Band auf dem harten Gestein aufschlug. Die Labrys schwang nach oben und schlug der panisch schreienden Grace Grindstone mit einem einzigen Hieb den Kopf von den Schultern.

»Nein!«, fauchte sie vor Entsetzen, als sie sah, wie ihre Mutter axtschwingend losmarschierte.

Auch die anderen schrien nun. Franny Frogfart, das Ziel der von Blutdurst benebelten Amazone, zitterte am ganzen Körper. Felina Freedgrrls pelzige Hand krallte sich in die Schulter ihrer ehemaligen Lehrerin und hob ihren Körper in die Höhe. Stimmte ein wehklagendes Miauen an: »Mutter, nein! Das ist eine Freundin, die zu mir gehört!«.

Doch weder die tornadogleich kreisende Axt, noch die im Wutfeuer lodernde Amazonenkriegerin hielten an. Geistesgegenwärtig sprang Felina Freedgrrl aus Franny Frogfarts Armen. Während sie nach vorne taumelte, weil ihre Beine nicht richtig gehorchen wollten, rief sie den anderen ein »Verschwindet!« entgegen. Todesmutig warf sie sich ihrer zur Wutbestie mutierten Mutter in den Weg.

Die Kinder und Jugendlichen blickten gebannt auf den leblosen Körper. Ein roter Bach sprudelte aus dem Torso. Der Kopf lag drei Meter entfernt in einer sumpfgleich blubbernden Blutlache. Überall war Blut. Sie hatten noch nie so viel echtes Blut auf einmal gesehen. Einige der Kinder krallten sich in den Händen ihrer Nachbarn fest, bis das Weiße ihrer Knöchel sichtbar wurde.

Tigerfelina war die Erste, die ihre Sprache wieder fand.

»Schaut nach, ob die anderen noch leben!«, rief sie den in Entsetzensstarre versunkenen Exkursionsmitgliedern zu. Alle hatten mittlerweile ihren Nichtwahrnehmbarkeitsschirm deaktiviert.

»Alles ist gut, Mutter!«

Ihre Pelzhand ruhte noch immer auf Hypsipyles Schulter, die wild stapfend versuchte ein Ventil für ihre Wut zu finden. Sie hätte beinahe ihre Tochter ermordet. Im Rausch. Sie schaute hinüber zu ihrer Labrys, die einsam am Boden lag.

Als sie im Blutnebel voran stürmte, hatte das Katzenkind die Axt im Lauf mit beiden Händen ergriffen. Hatte sich mit seinem Fellkörper gegen ihren Brustpanzer geworfen. Genau im richtigen Moment. Eine Sekunde später und sie hätte ihre Tochter enthauptet. Vor Schreck hatte sie ihre Doppelaxt losgelassen. Mit der ihm eigenen Tapsigkeit hatte das Katzenmädchen sie ungelenk fortgeschleudert. Die Augen der Dämonenpriesterin waren vor Angst geweitet gewesen. Doch sie war auf sie zu gerannt, hatte sich zu Tigerfelina hinab gebeugt. Sie war genauso besorgt um das Katzenkind wie Hypsipyle selbst.

Kinder und Jugendliche wurden sichtbar. Kümmerten sich um die am Boden Liegenden oder starrten in Panik auf den

Torso der Blitzkriegerin. Hypsipyle zitterte. Da war so viel Wut in ihr. Wo sollte sie damit hin? Ihr Körper zuckte. Sie schnappte nach Luft. Weit aufgerissene Augen blickten hilflos in die Menge. Das Feuer ließ sich nicht mehr löschen.

Exakt 21 Minuten und 37 Sekunden später waren alle Exkursionsteilnehmenden aus ihrer Ohnmacht erwacht. Kein einziges Mitglied war gestorben. Bis auf Grace Grindstone. Im Kreis schwebten sie um Franny Frogfart, die sich des Konsortiumsarmbandes bemächtigt hatte. Ihre Amazonenmutter trug die doppelt so große Hybridin herbei. Legte sie behutsam in den Kreis. Ihr Haupt leuchtete noch immer in den Farben der Wut. Der *Pyroraptor olympius* saß auf ihrer Schulter, krächzte und genoss sichtlich die Aufmerksamkeit der Kinder. Mindestens sieben Augenpaare starrten bewundernd auf sein farbenfrohes Federkleid. Der *Deinonychus antirrhopus* und das *Tyrannosaurus Rex*-Baby watschelten herbei. Auch sie erfuhren die ungeteilte Beachtung der Kinder und Jugendlichen.

Der *Megatitanos lamberos* rückte nahe an das Plateau. Selbst der Krokodilelefant fand den Weg zu ihnen. Alle umkreisten Franny Frogfart, die das goldene Multifunktionsarmband aktivierte.

»Du bist sicher, dass alle mitkommen sollen?«

Ihre Stimme war erfüllt von Zweifeln. Mit hochgezogenen Augenbrauen ließ sie ihren Blick über die ungleiche Schar an Lebewesen gleiten, die sie umrundeten.

»Alle, bis auf den *Megatitanos lamberos*, Franny! Wir sind eine Herde! Wir bleiben zusammen!«

Ihr Fellgesicht verbarg die eiserne Entschlossenheit. Aber ihre Stimme klang ernst. Aus den Blickwinkeln erkannte sie, wie ihre Amazonenmutter ihr stolz zunickte. Sie brauchten die Herde, wenn sie zurück in die Zukunft reisen würden. Nur so hatten sie eine Chance.

»Also gut. So sei es!«, seufzte Franny Frogfart und tippte mit ihrem linken Zeigefinger auf dem als Hologramm erscheinenden Zeitreisedisplay das Datum 26. August 2.184 ein.

Ein tiefviolettes Leuchten hüllte die Herde ein, die von einem schwarzen Nichts verschluckt wurde. Eine Sekunde später blickte der *Megatitanos lamberos* auf ein leeres Plateau hinab, auf dem nur noch der zerstückelte Körper einer Grace Grindstone bezeugte, welches Drama sich hier abgespielt hatte.

Glossar

Agya: Fiktive Typenbezeichnung für eine im 22. Jahrhundert allen Menschen bei der Geburt eingepflanzte, Künstliche-Intelligenz-gestützte, transhumane Extensionseinheit.

Artimpasa: [Skythisch] 'Herrin der Weide', skythische Fruchtbarkeitsgöttin, die auch als Göttin des Krieges verehrt wurde.

Amazonomachie: [Griechisch] 'Kampf der Amazonen', Bezeichnung für die Schlachten, die die Amazonen führten.

Androphagen: [Griechisch] 'Menschenfresser'.

Ankylosaurier: [Griechisch] 'Krumme Echse', Bezeichnung für eine Gruppe vierbeiniger, pflanzenfressender und gepanzerter Vogelbeckensaurier des Mesozoikums.

Archäopteryx: [Griechisch] 'Uralte Federn', Bezeichnung für einen rabengroßen, auch als Urvogel bekannten Vertreter der Archosaurier des Mesozoikums.

Asteridae: [Lateinisch] 'Asternähnliche', Bezeichnung für eine bereits im Mesozoikum existierende Pflanzengruppe, zu der auch die Nachtschattengewächse gehören.

Atractosteus strausi: [Lateinisch] Bezeichnung für ein bis zu einem halben Meter großes Mitglied der Gattung der Knochenhechte des Mesozoikums.

Campylopodium allonense: [Lateinisch] Bezeichnung für eine bereits im Mesozoikum existierende Art der Moose.

Carnotaurus: [Lateinisch] 'Fleischfressender Stier', Bezeichnung für eine auf zwei Beinen laufende Raubsaurierart des Mesozoikums, dessen Charakteristika Stirnhörner sind.

Crocodylus suchus: [Lateinisch] Wissenschaftliche Bezeichnung für das Westafrikanische Krokodil.

Cycadeoidea cylindrica: [Lateinisch] Bezeichnung für eine im Mesozoikum vorkommende Art der Palmfarne.

Deinonychus antirrhopus: [Griechisch/Lateinisch] 'Gegengewichtige Schreckenskralle', Bezeichnung für einen gefiederten, auf zwei Beinen laufenden Raubsaurier des Mesozoikums, der seinen Federschwanz zur Balance einsetzte und dessen Charakteristikum eine Sichelkralle ist.

Dipteris: [Lateinisch] Gattung von in Tropen beheimateten Farnen, die teilweise bereits im Mesozoikum existierten.

Echidna: [Griechisch] Wesen der griechischen Mythologie, welches als 'halb Frau, halb Schlange' beschrieben wird und als Mutter zahlreicher mythologischer Monster wie der Hydra oder dem Höllenhund Kerberos gilt.

Equisetopsida: [Lateinisch] Bereits im Mesozoikum existierende Unterklasse der Farnpflanzen, zu denen auch die Gattung der Schachtelhalme gehört.

Equus zebra [Lateinisch] Wissenschaftliche Bezeichnung für das im südlichen Afrika beheimatete Bergzebra.

Felis silvestris: [Lateinisch] Wissenschaftliche Bezeichnung für die in Europa beheimatete Wildkatze.

Gallimimus bullatus: [Lateinisch] 'Hahn-Nachahmer', Bezeichnung für einen straußenähnlichen, auf zwei Beinen laufenden Saurier, der zu den schnellsten Landsauriern des Mesozoikums gezählt wird.

Hadrosaurier: [Griechisch] 'Robuste Echsen', Bezeichnung für eine, auch als 'Entenschnabelsaurier' bekannte, Gruppe pflanzenfressender Saurier des Mesozoikums.

Herbivoren: [Lateinisch] 'Krautverschlinger', wissenschaftliche Bezeichnung für pflanzenfressende Tiere.

Iguanodon bernissartensis: [Lateinisiertes Griechisch] 'Leguanzahn', Bezeichnung für einen auf zwei oder vier Beinen laufenden, pflanzenfressenden Landsaurier des Mesozoikums.

Kentrosaurus aethiopicus: [Lateinisiertes Griechisch] 'Spitze Echse', Bezeichnung für einen auf vier Beinen laufenden, pflanzenfressenden und zur Gruppe der Stegosaurier gehörenden Landsaurier des Mesozoikums, dessen Charakteristikum markante Rückenstacheln sind.

Labrys: [Griechisch] Bezeichnung für eine unter anderem den Amazonen zugeschriebene Doppelaxt, auch als Amazonenaxt bekannt. Wird seit den 1970er-Jahren auch als feministisches, lesbisches Symbol verwendet.

Loxodonta africana: [Lateinisch] Wissenschaftliche Bezeichnung für den Afrikanischen Steppenelefanten.

Lybia: [Griechisch] Antike Bezeichnung für einen Teil Nordafrikas, welcher die heutigen Länder Libyen, Tunesien, Algerien und Marokko einschließt.

Mandibeln: [Lateinisch] Bezeichnung für die Mundwerkzeuge von Gliederfüßlern, zu denen auch die Insekten gehören.

Megatitanos lamberos: [Lateinisiertes Griechisch] 'Leuchtender Riesen-Titan', Bezeichnung für einen fiktiven Vertreter der Titanosaurier.

Mesozoikum: [Griechisch] 'Mittleres Leben', Bezeichnung für ein auch als 'Erdmittelalter' bekanntes Erdzeitalter, welches vor ungefähr 250 Millionen Jahren begann und vor 66 Millionen Jahren mit dem Massensterben der Dinosaurier endete.

Microraptor: [Lateinisiertes Griechisch] 'Kleiner Räuber', Bezeichnung für einen gefiederten, zum Gleitflug fähigen Raubsaurier des Mesozoikums, der zu den kleinsten Nicht-Vogel-Sauriern zählt.

Nur-Shala: [Akkadisch] 'Licht der Shala', Manifestation der Shala, einer mesopotamischen Wettergöttin. In der Geschichte: Name des gezähmten Pyroraptors olympius.

Obsidian: [Lateinisch] Wissenschaftliche Bezeichnung für ein vulkanisches Gesteinsglas.

Osteoderme: [Griechisch] 'Hautknochen', wissenschaftliche Bezeichnung für Hautknochenplatten bei Landwirbeltieren.

Pachycephalosaurus wyomingensis: [Lateinisiertes Griechisch] 'Dickkopfechse', Bezeichnung für eine auf zwei Beinen laufende, pflanzenfressende Art der Vogelbeckensaurier des Mesozoikums, deren Charakteristikum eine rammbockähnlich verdickte Schädelkuppe ist.

Parasaurolophus tubicen: [Lateinisiertes Griechisch] 'Verwandt mit Kammechse', Bezeichnung für eine auf zwei oder vier Beinen laufende, pflanzenfressende Art der auch als 'Entenschnabelsaurier' bezeichneten Gruppe der Hadrosaurier des Mesozoikums, dessen Charakteristikum ein hornartiger, nach hinten gebogener Knochenzapfen am Kopfende ist.

Patagotitan mayorum: [Lateinisiertes Griechisch] 'Titan von Patago', Bezeichnung für eine auf vier Beinen laufende, pflanzenfressende Art der Titanosaurier des Mesozoikums, die das größte bekannte Landtier der Erde darstellt.

Pluvianus aegyptius: [Lateinisch] Wissenschaftliche Bezeichnung für den 'Krokodilwächter', eine afrikanische Vogelart.

Psychotropia fleabuttocksii: [Lateinisiertes Griechisch] 'Fleabuttock'sche Seelenwendung', fiktiver Name eines im Mesozoikum vorkommenden Nachtschattengewächses mit bewusstseinsverändernden Wirkungen.

Pyroraptor olympius: [Lateinisiertes Griechisch] 'Feuerdieb', Bezeichnung für eine gefiederte, fleischfressende Laufechse des Mesozoikums, die zu den kleinsten bekannten Raubsauriern zählt.

Repenomamus robustos: [Lateinisch] ‚Reptiliensäuger', Bezeichnung für eine dachsgroße, fleischfressende Säugetierart des Mesozoikums.

Rhabdodon priscus: [Lateinisch] 'Geriffelter Zahn', Bezeichnung für eine auf vier Beinen laufende, pflanzenfressende Landsaurierart des Mesozoikums.

Saichania chulsanensis: [Lateinisiertes Mongolisch] 'Die Schöne von Chulsa', Bezeichnung für eine auf vier Beinen laufende, pflanzenfressende Art der Ankylosaurier des Mesozoikums, dessen Charakteristika ein gepanzerter Rücken und eine knochige Schwanzkeule sind.

Sarcosuchus imperator: [Lateinisiertes Griechisch] 'Fleischzahnherrscher', Bezeichnung für eine Krokodilart des Mesozoikums, welche zu den größten jemals lebenden Krokodilen zählt.

Sequoiadendron giganteum: [Lateinisch] Wissenschaftliche Bezeichnung für den bereits im Mesozoikum existierenden, mehrere Tausend Jahre alt werdenden Riesenmammutbaum.

Sinosauropteryx prima: [Lateinisiertes Chinesisch] 'Chinesischer Drachenvogel', Bezeichnung für eine gefiederte, auf zwei Beinen laufende Raubsaurierart des Mesozoikums.

Sobek: [Ägyptisch] Name eines Fruchtbarkeitsgottes der ägyptischen Mythologie, der als Herrscher des Wassers mit einem menschlichen Körper und einem Krokodilkopf dargestellt wurde. In der Geschichte: Name des gezähmten und in einen Elefanten verwandelten Sarcosuchus imperator.

Spinosaurus aegyptiacus: [Lateinisiertes Griechisch] 'Dornechse', Bezeichnung für eine auf zwei oder vier Beinen laufende, am und im Wasser jagende Saurierart, die als größter Raubsaurier des Mesozoikums gilt und deren Charakteristikum ein auf dem Rücken befindliches Hautsegel ist.

Stegosaurus armatus: [Lateinisiertes Griechisch] 'Dachechse', Bezeichnung für einen auf vier Beinen laufenden, pflanzenfressenden und zur Gruppe der Stegosaurier gehörenden Landsaurier des Mesozoikums, dessen Charakteristika nach oben ragende rautenförmige Knochenplatten sowie knöcherne Schwanzstacheln sind.

Styrax: [Lateinisch] Bezeichnung eines in der Antike sehr begehrten Räucherwerks, welches aus dem Harz der Storaxbäume gewonnen wird.

Sus scrofa domesticus: [Lateinisch] Wissenschaftliche Bezeichnung für das domestizierte Wildschwein, auch Hausschwein genannt.

Tabiti: [Skythisch] 'Die Flammende', Name der Göttin des Feuers, einer der Hauptgottheiten der antiken Skythen, die der Mythologie zu Folge bereits vor Beginn der Schöpfung existierte. In der Geschichte: Name des gezähmten Deinonychus antirrhopus.

Tapejara wellnhoferi: [Lateinisiertes Tupi] 'Altes Wesen', Bezeichnung eines kleineren Flugsauriers des Mesozoikums, dessen Charakteristikum ein auf dem Schnabel sitzender, über den Kopf hinausragender Knochenkamm ist.

Targitaos: [Griechisch] 'Mit weitreichender Macht', Ahnherr und mythische Heldenfigur der Skythen. In der Geschichte: Name des gezähmten Tyrannosaurus Rex-Babys.

Tempskya pulchra: [Lateinisch] Bezeichnung eines im Mesozoikum existierenden Baumfarns.

Therizinosaurus cheloniformis: [Lateinisiertes Griechisch] 'Sensenechse', Bezeichnung einer auf zwei Beinen laufenden, pflanzenfressenden Landsaurierart des Mesozoikums, deren Charakteristika drei sensenartige Krallen sind.

Theropode: [Griechisch] 'Wildes Tier-Fuß', Bezeichnung einer Gruppe auf zwei Beinen laufender, fleischfressender Raubsaurier.

Transfelinität: Eine verbotene Praxis des 22. Jahrhunderts, die das absichtsvolle Spleißen des menschlichen Genoms mit Katzengenen beschreibt.

Tyrannosaurus Rex: [Lateinisiertes Griechisch] 'Tyrannenechse', Bezeichnung für eine auf zwei Beinen laufende, fleischfressende Art, die zu den größten und bekanntesten Raubsauriern des Mesozoikums zählt.

Ursus thibetanus: [Lateinisch] Wissenschaftliche Bezeichnung für den in Asien beheimateten Kragenbären.

Utahraptor ostrommaysorum: [Lateinisch] 'Der Räuber von Utah', Bezeichnung für eine gefiederte, auf zwei Beinen laufende, fleischfressende Raubsaurierart des Mesozoikums.

Velociraptor mongoliensis: [Lateinisch] 'Schneller Räuber', Bezeichnung für eine gefiederte, auf zwei Beinen laufende, fleischfressende Raubsaurierart, die zu den bekanntesten des Mesozoikums zählt.

Weichselia reticulata: [Lateinisch] Bezeichnung einer ausgestorbenen Farnart, die im Mesozoikum vorkam.

Wetware: [Englisch] Bezeichnung für die Gesamtheit der Hardware und Software biologischer Lebensformen, auch als Gehirn und seine Zellverbindungen bekannt.

Danksagung

Mein größter Dank gilt meinen Freundinnen Julia und Caroline. Ihre hilfreichen Ratschläge, wertvollen Kommentare und unbedingte Freundschaft gaben mir den nötigen Halt beim Navigieren durch die Stromschnellen des Schreibens dieser Geschichte.

Des Weiteren möchte ich mich beim Personal der Milchmarie bedanken. Mit außergewöhnlicher Freundlichkeit sowie einem täglichen Lächeln machten sie ihren Arbeitsraum, den ich dreist zu meinem Büro umfunktionierte, zu einer fantastischen Schreibstube und versüßten mir die Arbeit.

Flerken Chatoyance

... wird seit jungen Jahren von drei großen Leidenschaften angetrieben: Schreiben, Reisen und Kämpfen für eine gerechtere Welt. Schon früh verfasste sie Kurzgeschichten, gefolgt von journalistischen Artikeln und Reiseberichten, später wissenschaftliche Beiträge und Bücher, und heute belletristische Romane. Ihre Reisen führten sie in mehr als 80 Länder dieses zauberhaft vielfältigen Planeten. Obwohl sie sich in tropischen Regenwäldern ebenso heimisch wie in den virtuellen Welten von Survival Games fühlt, hat sie ihre Heimstatt in einem gallischen Dorf neben einer Wildblumenwiese an einem gezähmten Fluss gefunden.